光文社文庫

長編推理小説

小布施《おぶせ》・地獄谷殺人事件

梓　林太郎

光　文　社

目次

第一章　人格断層　7
第二章　突風の宴《うたげ》　56
第三章　赤い闇　97
第四章　帰郷の夢　154
第五章　霧の日　210
第六章　氷解　253
解説　郷原《ごうはら》　宏《ひろし》　292

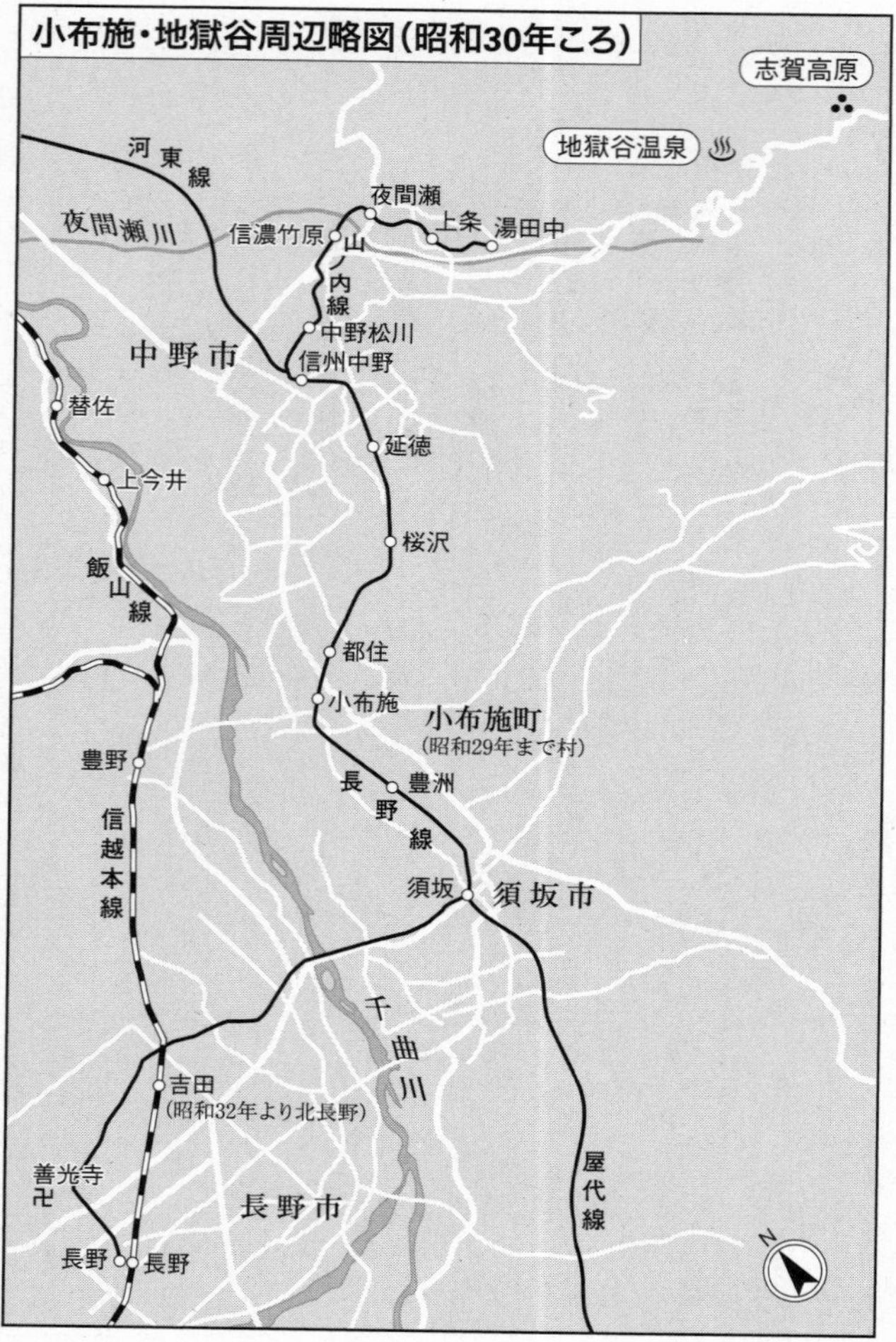

小布施・地獄谷周辺略図（昭和30年ころ）
志賀高原
地獄谷温泉
河東線
夜間瀬川
夜間瀬
信濃竹原
上条
湯田中
山ノ内線
中野松川
信州中野
中野市
替佐
延徳
上今井
桜沢
飯山線
都住
小布施
小布施町
（昭和29年まで村）
豊野
長野線
豊洲
信越本線
須坂
須坂市
千曲川
吉田
（昭和32年より北長野）
善光寺
長野市
屋代線
長野
長野

小布施《おぶせ》・地獄谷殺人事件

第一章　人格断層

1

七恵《ななえ》は二十歳のとき、両親から昔ばなしをきいた。

両親とはいうが、じつの親でないことはずっと以前から知っていた。七恵が十三歳か十四歳のときに子どもがいなかった坪倉清春《つぼくらきよはる》と鈴子《すずこ》夫婦にもらわれたのだった。

「六年ばかり前の風の強い日、あんたは男物のシャツにこれも男物の黒いズボンという服装で、北沢《きたざわ》のおじさんに連れられてきたのよ。わたしはその日のことを、きのうのことのように憶《おぼ》えているの」

鈴子は、白髪が目立ちはじめた頭に手をやって話しはじめた。

彼女のこの話は初めてではなかった。いとこの北沢徳作《とくさく》がくるたびに七恵の話をするのだった。その話は日によって長かったり、三、四分でべつの話に移ったりした。

十三、四歳というと中学一年生か二年生ぐらいだが、七恵は正確な年齢も学校へ通っていたことも、それより前のことも憶えていないのだった。

坪倉夫婦にもらわれ、養子縁組をした経緯はこうである。

七恵は――七恵という名は坪倉夫婦が、この子に幸福がいくつも訪れるようにと願って付けた名であって、彼女は自分がなんという名だったのかを憶えていなかった。

坪倉家にくる前の彼女は昭和二十年（一九四五年）六月、名古屋市が米軍機の空襲に遭《あ》ったさい、戦闘機の機銃掃射を受け、左肩と足に大怪我《けが》を負い頭にはかすり傷を負っていた。名古屋市内の病院で手当てを受けていたが、病院へは病人や怪我人が次々に運ばれてくることから、命に別状なしと認められた彼女は愛知県春日井《かすがい》市の養護施設に移されていた。左腕を動かすとひどい痛みが走るので、彼女はいつも左手をかばっていた。

長野県上高井郡《かみたかいぐん》小布施村《おぶせむら》の大工の北沢徳作は、春日井市に仕事があって滞在していた。その間に養護施設の関係者から左の肩に怪我を負ったのが原因なのか、自分の名前も親の名も正確な年齢も住所をも憶えていない少女のことをきいた。

北沢は施設でその少女を観察した。粗末な物を着た少女は人形のような可愛《かわい》い顔をしていた。

小布施に帰った北沢は、その少女のことを坪倉夫婦に話した。

何日か後、坪倉夫婦は北沢の家を訪ねて、春日井市の施設で世話になっているという少女に会ってみたいと話した。北沢はそれを承知して、坪倉夫婦を春日井市の施設へ案内した。

少女は、施設が仮に付けた「アキコ」で呼ばれていた。アキコは、施設にいる十数人の子どもの遊びの輪に加わらず、壁に張り付くように立って、ほかの子どもらをぼんやりと見ていた。北沢がいったとおりアキコはくっきりとした目をして鼻筋は細くて高かった。

坪倉夫婦と北沢はその日は旅館に泊まって、施設で観察したアキコについての感想を話し合った。

「大怪我を負って救助されたというけど、自分の名前さえも憶えていないって、いったいどういうことかしら」

鈴子は、泡の消えたビールを見ながらいった。

「よほどのショックを受けたからだろうが、自分の名や歳《とし》や、通っていた学校の名も……」

清春は、北沢のグラスにビールを注ぎ、自分のグラスにもびんをかたむけた。

「親がいたんだろうが、そのことも……」

北沢は、注がれたビールのグラスをつかんだ。

「器量よしだし、これからもっと背が高くなるでしょうけど、わたしたちにすぐに慣れてくれるかしら」

「むずかしい歳ごろのようだでなあ」

「肩の怪我がよくなってくりゃあ、気持ちも明るくなるんじゃないかな」

今度は北沢が清春のグラスに注いだ。

次の日、もう一度施設へいって、職員にアキコの健康状態などを詳しくきくことにした。

職員はアキコのことを、「とても行儀のよい子」といった。ご飯のとき、箸を両手にのせて、「いただきます」と小さい声でいい、ご飯は一粒も残さず食べ、食べ終えると、「ご馳走さま」といって頭を下げる。

施設では毎朝、十六人の子どもに十五分間体操をさせる。アキコはいちばん後ろに立って、職員の号令に合わせて手足を動かしている。

「感心することがもうひとつあります」

職員はいった。

子どもたちが遊んだ、輪投げや、縄とびの紐《ひも》や、カルタなどを元の位置に片付けさせているが、子どもたちが棚に収めた遊具を、アキコはきれいに整理する。逆さに挿し込まれている絵本を正しく直すこともある。

彼女はそれを右の手だけでやり、やり終えると左腕を支えるように右手を添える。

これらをきいて、三人は小布施へ帰った。そして三日がすぎた朝、鈴子は、

「もう一度見にいってくる」

といって身支度をととのえた。

鈴子は単独でアキコのいる春日井の施設へいき、アキコが怪我の手当てを受けていた病院をきいた。彼女は名古屋市内のその病院を施設の職員とともに訪ね、医師と看護師からアキコが入院していた日々をきいた。

——アキコがその病院へ担ぎ込まれたのは、昭和二十年六月下旬の晴天の日。

彼女は上半身裸で、冬物のような厚い生地の縞《しま》のモンペを穿《は》いて、はだしだった。名古屋市を襲った米軍の戦闘機の機銃掃射によって、左肩を撃ち抜かれ、意識を失っていた。

応急手当を受けた。手当てを担当した医師は、『何日間か物を食べていないようだったし、出血がひどかったことから、もしかしたら今夜中に……』と、暗い表情をした。当時の少年少女は胸に名札を付けていたものだが、彼女が上半身裸であった理由は不明だった。

東の空が白みはじめたころ、アキコはだれかを呼んだ。机に顔を伏せて居眠りしていた若い看護師が、窓ぎわのベッドで人を呼んでいるらしいアキコに気付いた。看護師は水を手にしてアキコに近寄った。彼女は目を瞑《つむ》ってかすれ声でだれかを呼んでいた。それは、『お父さん』のようでもあり、『お母さん』のようでもあった。

看護師はアキコの口に耳を寄せ、彼女の言葉をきき取ろうとしたが、かすれ声は風に吹き消されたようにきこえなくなった。

陽《ひ》が昇るとアキコは目を開けた。水を飲み、重湯を飲み、梅干しを食べた。

医師は彼女をじっと見て、『生き返った。大丈夫だ。頑張ったんだ』といって、厚い手で彼女の頬をはさんだ。

それから毎日、看護師は、『お名前は』『歳は』『学校の名は』『学年は』『おうちは』ときいたが、彼女は首をかしげ、苦しげな表情をするだけだった。文字は一字も書かなかった。

施設では彼女の体格などから十四歳見当、小学校高等科二年生ぐらいではないかと見当をつけた。

昭和二十年八月十五日の昼少し前、施設の所長は大声を上げ、手を叩《たた》き、両手を高く挙げた。二人の女性職員は、『戦争が終った』とつぶやくと、首に巻いていた手拭を目にあててしゃがみ込んだ。

小布施へ帰った鈴子は、病院と施設で知ったことを、夫の清春と北沢徳作に話した。

『アキコを引き取って育てたい』

といったのである。

清春は、よく考えろといって一週間ばかりがすぎた。

用事ができて春日井へいくことになった北沢に鈴子は、用事がすんだら施設にいるアキコを連れてきてくれないか、と頼んだ。

『あとで後悔するようなことになっても、おれは責任を持たんでな』

北沢は慎重だった。夫の清春は、『鈴子は朝起きると、アキコの話ばっかりしとる。おれがなにをいっても鈴子はきく耳を持たん』と、諦めたようなことをいったが、じつは彼もアキコをもらいたがっていたのだった。北沢は清春、鈴子夫婦の顔をぐっとにらんでから春日井へ出発した。

北沢は用事がすむと施設を訪ね、アキコをあらためて観察してから、所長と職員に、坪倉夫婦がアキコを育てたいといっている旨を話した。

『あのご夫婦ならアキコを可愛がって、育ててくださるでしょう』と所長は目を細めた。

所長と職員はアキコを呼んだ。『この前、ここへおいでになった坪倉さんご夫婦が、あんたを家族にして、一緒に暮らしたいといってくださった』

アキコは直立不動の姿勢をして話をきいた。

『おじさんが、信州《しんしゅう》の小布施という村の坪倉さんの家へ連れていくが、いいか』と、北沢が念を押した。するとアキコは、『はい』と返事をしてから目をうるませた。

施設は、アキコが着ていた物を脱がせ、男物の白いシャツと男物の黒いズボンを穿かせ、紐で腰を締めた。彼女に着せてやれる物はそれしかなかった。施設へ移ってきたとき穿いていたモンペを彼女に持たせ、所長と二人の職員と、入所していた十五人の児童が、玄関を出てアキコを見送った。所長と職員は、『もどってこないで』と手を合わせた。

小布施へ向かう列車のなかで北沢とアキコは、茹《ゆ》でたさつま薯《いも》とこんにゃくを食べた。

『小布施というところは、信州の北のほうだ。千曲川《ちくまがわ》という長い川の西の岸を流れる松川《まつかわ》が上流から砂を運んできてできた村だ。栗がよくとれるきれいなところだよ』

と北沢は教えた。

小布施の坪倉家に着いた。主人の清春は建具や家具をつくる指物《さしもの》職人だということをアキコは知った。

アキコは畳の部屋へ招かれた。

『よくきたね。よくきたね』

鈴子はアキコの頭を撫《な》でてから抱きしめた。アキコは鈴子の腰に抱きついて小さな咳《せき》をした。

鈴子はアキコを台所へ連れていった。

『今夜は、お赤飯だからね。あんたがきてくれたお祝いよ』

といって釜の蓋をとってなかを見せた。

鈴子はアキコの手をひいて、彼女が寝る部屋や清春の作業場を見せた。

夕飯の席へは北沢夫婦が招かれた。清春と北沢は酒を注ぎ合った。

『アキコは仮の名だで、正式の名を付けてやりたい』

清春がいうと、鈴子も北沢夫婦も首をひねった。

『この子には、しあわせがいくつもくるように』と、鈴子がいって、七恵はどうかといった。清春は目を瞑っていたが、

『坪倉七恵か。いい名前だ』

それがいいと北沢がいったことで、七恵が誕生した。彼女の言葉にはいくぶん名古屋方面の訛《なまり》があった。

四、五日後、清春と鈴子は役場へいき、事情を詳しく説明した。役場では家庭裁判所へも相談して、七恵は二人の養子として戸籍簿に登載された。

鈴子は七恵を長野市の病院へ連れていき、左肩の怪我の原因を話した。整形外科を紹介され、専門医に診《み》てもらった。七恵は怪我の個所は痛まないといった。ただ左手に力が入らないため、重い物を持つことはできないといっている。

普段、鈴子が七恵の動作をそれとなく見ていると、両手が空いているときはかならず右手で左腕を支えるようにしているし、たまに左の肩に右手をのせていることがある。

鈴子は近くの小学校を訪ねた。七恵は米軍機に撃たれ、病院へ収容された経緯などを話し、怪我を負う前の記憶がまったくないことを説明した。入院した病院や児童養護施設では、体格などから小学校高等科二年ぐらいだろうと見当をつけていたことも話した。

小学校ではさまざまな角度から彼女をテストした。会話はできるが、文字は書けなかった。しかし、エンピツの持ちかたは正確だった。

学校では六年生のクラスに彼女を入れた。文字と計算を憶えさせた。彼女は呑《の》み込みが早いことが分かった。

教師が目を見張ったのは体操と音楽。体操の手順を教えないのに手足を動かした。しかしすぐに疲れるらしく、うずくまって左の肩に右手を添えた。音楽の時間では先生がオルガンを弾くと、口を開いて歌をうたった。曲と歌詞を憶えていることが分かった。

登下校は近所の二人と一緒だった。先生は七恵と一緒に登下校する二人に、彼女のようすをきいた。すると二人とも、『なんにも話さない』といった。

七恵は、指物職人の清春の仕事に興味を持った。鉋《かんな》から出る薄い屑《くず》をさわったり匂いを嗅《か》いだ。清春は建具に仕上げの鉋をかけるさい、それの端を七恵に押さえさせたりした。

清春は夕飯の時間まで仕事に打ち込んだ。彼が教えたわけでもないのに、七恵は作業場の掃除とあと片付けをした。道具をしまう場所をすぐに憶えた。

『男の子だったら、跡継ぎにしたのに』と、清春は何度もいった。

鈴子は七恵に、炊事も洗濯もさせた。『洗濯物をたたんでいて、ボタンがとれそうになっていたら、すぐに直しておくのよ』と、七恵の顔を見ながら教えた。

七恵は週に一度ぐらい、真夜中に声を上げて起き上がり、寒さに胸を囲んで、部屋のなかを歩きまわった。恐《こわ》い夢が彼女を襲うらしかった。それは米軍機の爆弾投下であったかもしれないし、雨のように襲いかかる機銃掃射だったかもしれなかった。

隣の部屋で、耳をふさいで歩きまわっている七恵を、鈴子は抱きしめ、自分の布団のなかへ寝かした。そういうときの七恵のからだは氷のように冷たかった。

真夜中に怯《おび》えて歩きまわる回数は次第に少なくなり、一か月か二か月に一度ぐらいに減った。

清春も鈴子も、真夜中に怯えていたことは七恵に話さないことにしていた。彼女に宿っている悪夢は、やがて消えるものと思っていた。

七恵は高等科二年を卒業すると、上の学校へはいきたくないといった。小学校の六年に編入したとき戸籍上十四歳とされていたので、卒業のときは十六歳だった。周りの生徒の顔と比べると、たしかにいくつか上に見えたし、背も高いほうだった。

2

もうすぐ十七歳になるのだから、働きに出たほうがいいのではないか、と七恵は、母の鈴子にいった。近所の同級生だった女の子が東京の縫製工場へ就職したのを知ったし、男の子は松本市《まつもとし》の酒造所へ就職したという話をきいた。

「あんたはよけいなことを気にかけなくていいの。家でやることが沢山あるでしょ」

と、鈴子にはねつけるようないいかたをされた。

坪倉家では家のすぐ裏側に畑を二枚所有していて、野菜と花をつくっていた。鈴子は毎日、二時間ばかり畑のなかへ身を沈めていた。摘んでも摘んでも生えてくる雑草をむしっていたし、何日も雨が降らないと、ホースを延ばして水を撒《ま》いていた。

「あんたはこの家の跡継ぎ娘なんだで、家のなかでやらにゃならんことを、しっかり身につけておくこと。わたしはこの家へ嫁入りしたとき、お義母《かあ》さんがおって、縫い物や布団つくりまで仕込まれたの。お義母さんは厳しい人でね、わたしのことを、なんにも知らん嫁なのね、って、毎日、こき下ろしておったのよ。わたしは悔しくて、悔しくて、分からんことは実家の母にきいたりして、お義母さんのいうとおりしてきたのよ。……そのころ清春は若かったで、めったに仕事の注文がなかった。それでわたしが、いろんなお店をまわって、建具や家具の修繕があったら、やらしてくださいっていってまわったの。……それがよかったのかどうか、新しい箪笥《たんす》や建具の注文が入るようになったし、嫁入り道具一式を頼まれたこともあったの。……清春は人付合いが下手で、町会の人から役員にって頼まれたことがあったけど、人前で喋《しやべ》ることもできんのでっていって断わったの。でも間違ったことのきらいな真《ま》っ直《す》ぐな性分だで、わたしは、いい人の嫁になったと思っとる。

……そのころ、嫁入り道具一式の注文を受けたが、気に入った材料がなかった。あちこちの製材所や家具店に問い合わせしたが、満足な物がないっていって、松本から木曽《きそ》のほうまでいって、何日もかけて材料を集めていたの。その材料で出来上がった二棹《さお》の箪笥と茶箪笥の出来映えはみごとで、評判をきいた人が何人もそれを見にきたもんだよ。それを見にきた人たちから清春は腕のいい家具職人って呼ばれるようになったの。……だけどひとつだけ人柄を疑うことがあったの。それは戦争中のこと。そのころ清春は二十代後半だった。その歳ごろで兵隊に取られない人は珍しかった。清春が兵隊に取られなかったのは、からだが丈夫でなく、しょっちゅう寝ておるという噂《うわさ》が流れとったから。ほんとうは丈夫だったけど、弱い人の真似《まね》をしとったの。ズルい人のようだったけど、日本はいくら戦っても、アメリカには勝てないっていっとった。それなのに国民が最後の一人になるまで戦うんだと上の人はいいつづけとった。兵隊にいくということは死ぬことだった。清春は声に出していわなかったけど、死ぬところへはいきたくなかった。それは北沢のおじさんも同じだった」

七恵は同じ夢を何度か見るようになった。

それは囲炉裏《いろり》のある部屋で、黒光りしている柱には振り子のついた時計がかかっていた。短い髪の年寄りの男が、薪《まき》をつぎ足している。男の横には白髪頭の老婆が男に寄り添うようにすわっている。その老男女の前には色の黒い四角ばった顔の男がすわっていて、その男の肩に両方から寄りかかるように少年と少女が火にあたっている。大人の女も一人いる。六人とも燃える火を見つめているのか一言も喋らない。

その夢を見た朝は、頭が少し痛んでいた。起きる前に寝床のなかで夢を再現することがあった。囲炉裏を囲んでいる六人がどこのだれなのか、七恵には分からなかった。が、見憶えのある人たちのような気がした。

彼女は何度か見る夢を両親には話さなかった。「北沢のおじさん」と呼んでいる北沢徳作に同じ夢を見ることを話そうとしたことがあったが、首を振ってやめにした。

北沢はアキコと呼ばれていた七恵を、春日井市の施設から小布施へ連れてきた人だった。その日のことを七恵はよく憶えている。おじさんは古びたリュックを背負って、七恵の手をずっとつかんでいた。列車に乗る前、店の前に並んでいた人の列について、茹でたさつま薯とこんにゃくを買った。そのあいだも、列車を待つ駅でも、おじさんは七恵の手をはなさなかった。

建築大工のおじさんは、たびたび坪倉家へやってきた。清春の作業場へ顔を出すと、すぐに、『七恵は』ときいた。まるで自分の娘を清春夫婦にあずけているようだった。七恵の顔を見ると、『おう』というだけで、きせるでタバコを喫《す》っていた。

七恵は、歩いて十数分のおじさんの家へいったこともある。おばさんと、七恵よりいくつか上の息子と娘がいた。おばさんは、『七恵ちゃんは器量よしだね』といって、頰を撫でるのだった。

おじさんは若い男たちから、「棟梁《とうりよう》」と呼ばれていた。四、五人の若い男たちと酒を飲んでいることもあった。

　おじさんは、飲み食いしている男たちの席へは七恵を招《よ》ばなかった。

　七恵が学校を終えた翌年の盆休み、清春と鈴子と七恵は、縁側に並んですわって、西瓜《すいか》を食べていた。

「少し涼しくなったら、三人でどこかへいきたいね」

と、鈴子がいい出した。

　清春は黒い種を手の平へ出しながら、

「年に一度ぐらいは、どこかへいこうって、おれも考えとったんだ。旅行だ」

といった。二人は、旅行するならどこがいいかと、七恵にきいた。彼女は首をかしげていたが、以前写真で見たことのある、海のなかの大小の岩が綱でつながれている光景を思い出した。

「それは、伊勢《いせ》の二見浦《ふたみがうら》のことだろ」

　清春がいった。

「伊勢。伊勢といったらお伊勢参り。遠いけど、伊勢がいいね。七恵は海を見たことがないんじゃない」

　鈴子にいわれた。

「海……」

七恵は目を瞑った。海を見た憶えがない。海辺には立ったことがあったかもしれないが、それも思い出せないのではないか。

三人の家族旅行は伊勢と決まった。清春の仕事が一段落する九月の下旬。それを決めると鈴子は北沢家へいって、一緒に旅行をしないかと誘った。

「九月じゃだめだ。須坂《すざか》で建てるでかい家は十月末に完成させにゃならん。おれは伊勢へは一度いっとる。お伊勢さんを参ったし、二見浦も見物した。三人でいってくるといい。きっとご利益が授かる」

坪倉家の三人は、予定どおり九月下旬のよく晴れた日、旅先で二泊することにして出掛けた。

七恵が列車に乗ったのは、北沢のおじさんに連れられて、春日井の施設をはなれたとき以来だった。混雑した列車を三度乗り換えて伊勢に着いた。七恵には旅館へ泊まるのは初めての経験だった。

「遠かったね。岐阜県、愛知県、三重県。九時間以上、列車に乗ってた」

鈴子は指を折った。

旅館では広い部屋にテーブルをいくつも並べていた。日が暮れたばかりだったのに、赤い顔をして酒を注ぎ合っている男たちがいた。料理が運ばれてきた。それに目を近づけた七恵はびっくりして胸を押さえた。太いエビが縦に裂かれていて、半透明の身が動いていた。それが本で読んだ憶えのある伊勢エビだった。アワビはカマボコのように切ってあった。小さい巻き貝が十個ばかり小鉢に入っていた。それはつま楊枝《ようじ》でほじくり出した。

「これ、おいしい」

七恵は、清春の分も鈴子の分もほじくり出して食べた。

清春は日本酒を三合ばかり飲むと赤い目をした。

鈴子と七恵は風呂へ入り直した。部屋へもどると清春はいびきをかいて眠っていた。

「よく働く人だで、疲れたんずら」

鈴子は夫を見下ろして笑った。

次の日は、外宮《げくう》を参拝して、バスで内宮《ないくう》へ移動した。そのあと、内宮門前のおはらい町を見てまわって、バスで二見浦へ移った。

二見浦の東の海上の男岩と女岩は、写真で見たとおりであった。大小の二つの岩は夫婦円満や良縁の象徴として広く知られているのだという。

鈴子は、夫婦岩を向いて、

「どうか七恵にいい婿《むこ》がきてくれますように」

といって手を合わせた。清春は鈴子の横で拍手《かしわで》をうった。

写真屋が近寄ってきて、『お三方で記念写真を』と誘った。三人は夫婦岩を背にしてカメラにおさまった。

海岸線に沿って歩くと、旅館がずらりと並んでいた。どの旅館からも二見浦が見えそうだった。

構えの大きい旅館へ入った。風呂から上がって、浴衣姿で食事の部屋のテーブルに向かい合った。

「きのうもきょうも、お天気に恵まれたね」

鈴子が食前酒を飲んでにこりとした。

「こんな贅沢《ぜいたく》をさせていただいて……」

七恵は少し声を震わせた。

「他人行儀なことを、いうんじゃないの」

鈴子は叱ったが、こういうことができるのは清春の働きがいいからだといって、彼の顔に礼をいった。七恵はあらためて二人を見て、いい夫婦だと思った。

昼間、夫婦岩を向いた鈴子が、「七恵にいい婿が……」といった言葉が七恵の耳朶《じだ》に残っていた。鈴子はこれから七恵の婿選びを考えるのではないだろうか。清春のような温厚で真面目な若い指物職人をさがしそうな気がした。

3

昭和二十六年の元旦は雪で、どの家でも早朝から雪搔《か》きをはじめた。初詣にいこうにも大雪のために幼い子どもなどは歩くことができなかった。

清春と鈴子は、家の周りの雪を搔き終えると、栗嶋《くりしま》神社へ初詣に出掛けた。午前十一時ごろには帰ってくることになっていたが、正午をすぎても二人はもどらなかった。七恵は昼食の準備を終え、いつでも食べられるようにと、二度ばかり味噌汁を温め直していた。

清春たちは午後一時ごろ、寒い、寒いと手をこすりながらもどってきた。

「お宮へいったあと、池戸《いけど》さんの家へ寄っておったのよ」

鈴子がいった。池戸家は栗駒堂《くりこまどう》という和菓子屋だった。小布施の栗羊羹《ようかん》をつくっている古い店だ。

夫婦が神社参拝を終えて帰る途中、雪を搔いていた池戸家の主婦に呼びとめられた。

『長野市内の家具店で、今年中に年《ねん》が明ける二十二歳の青年がいる。中背だがからだは丈夫そうだし、真面目に働いている。ただひとつだけ難がある。それは酒が強いこと。飲ませれば五合や六合を一気に空にするらしい』

と、主婦の花子《はなこ》はいった。年が明けるというのは修業期間が終るということ。その後は、お礼奉公《れいぼうこう》を二年間つとめ、一人前の職人とみなされ、給料をもらうようになる。

『花子さんは、その青年に会ってみないかっていったの。その話をしているうちにお昼の時間になって、花子さんはお昼を食べていってっていってくれたけど、うちでは七恵が支度をしとるでっていって……』

鈴子は、お腹がすいたというふうに腹をさすった。

「ねえ、よさそうな話だで、三が日がすぎたら、わたし独りで、長野へいってみようと思う」

鈴子がいうと、清春はお茶を飲みながらうなずいた。

七恵はなにもいわなかった。意見などをいうべきではないと思ったからだ。もしもその青年を清春と鈴子が気に入れば、二年後には坪倉家具店で働くようになるだろうし、七恵の夫になりそうだ。七恵はその人を、好きとも嫌いともいえないと思っている。その青年と見合いをしたとしても、彼女は首を縦にも横にも振ることができない、と自分にいいきかせていた。

曇り空からときどき小雪が舞う日、鈴子は厚いショールで顔を隠すようにして長野へ出掛けた。

「用がすんだら、善光寺《ぜんこうじ》さんをお参りして、七味を買ってくるで」

と、清春と七恵にいった。木工所で真面目に働いているという青年の姿を見にいくので、興味津々なのだろうが、それを顔色には出さなかった。

鈴子は夕方、疲れた顔をして帰宅した。

清春は珍しく、仕事をほうり出すようにして台所へ入ってきて、水を飲んでいる鈴子に、

「どうだった」ときいた。

鈴子が訪ねたのは梶山工芸社《かじやまこうげいしや》という家具製造所で、そこには主人の梶山と従業員が五人いた。主に会社や学校の事務用や教室用の机と椅子をつくっている木工所だった。五人のなかで今年中に年が明けるという従業員の名は手島昭政《てじまあきまさ》といって二十二歳。身長は一六五センチぐらいで痩せぎす。上水内郡水内村《かみみのちぐんみのちむら》の出身。小学校高等科を卒業すると梶山工芸社に住み込みの見習いとして就職した。七年間の修業を経て、ほぼ一人前の技術を身に付けた。就職した年の夏、盲腸炎を病んで入院し、二週間ばかり仕事ができなかったが、そのほかには寝込むような病気はしていない、と主人の梶山はいった。

「手島という青年となにか話したか」

清春は七恵がいる前で鈴子にきいた。

「その人はね、将棋の駒を逆さにしたような顔をしていて、目が細くて、やさしげな話しかたをする人だった。水内村の実家は農業で、両親と兄と妹と弟がいるそうなの」

「次男というわけだな」

「盲腸を病んだ以外には休んだことがないっていうから、からだは丈夫だと思うの」

酒が強いそうだが、と鈴子が水を向けると手島は、

『飲めますけど、自分から飲みにいったりはしません』

と、品行のことを答えたという。

鈴子は初対面だったので、梶山と手島には短時間会って引き下がった。

「七恵のことは……」

清春がきいた。七恵は事情のある女性である。米軍の空襲に遭って大怪我をして病院で手当てを受けた。その後、春日井市の養護施設に移されて暮らしていたのだが、自分の名前も年齢も親の名も住所も憶えていなかった。米軍機に撃たれたことさえも憶えていず、気が付いたときは病院のベッドで、肩の痛みをこらえていた。

世話をする人の縁で、長野県小布施村の坪倉夫婦の養子になり、生みの親でない夫婦の付けた名で学校へ通っていた。

これから七恵には手島昭政との見合いの段取りがはじめられるかもしれないが、その前に坪倉夫婦は手島側の人たちに、七恵の事情を話さねばなるまい。それをきいた手島側の人たちは、考え直すか、なかった話、にすることも予想された。

もしもそのようなことが繰り返された場合、清春と鈴子は頭を抱えるだろうか。事情のある子を自分たちの子にしたのを後悔するのではないか。世間に目を移せば、養子に迎え

てもなんの支障もない暮らしを送っている女の子は何人もいそうだ。

七恵は冬の朝、寝床で小さな物音をきいていた。それは鈴子が、夫が仕事をする前の朝飯の用意をしている音だった。七恵は毎朝、鈴子の立てる小さな物音をきいてから、床をはなれていたのだが、それはまちがっていることに気が付いた。自分はこの家にもらわれてきて、育てられているのだった。

ニュースできけば、世のなかには戦災孤児といわれていた男女が、五万といて、戦争が終って六年にもなったというのに、都会の地下道をねぐらにしているという。

七恵も戦争の犠牲者だったかもしれないが、幸運の鳥が舞い降りてきて、温かい平穏な暮らしのなかにいる。

もしも清春と鈴子が七恵を、気遣いのない役立たずとみたら、この家を追い出すのではないか。そうなったら彼女は、かつて春日井市の施設の人が着せてくれた、男物のだぶだぶのシャツを着、男物の黒いズボンを細い紐で締めて、坪倉家を出ていかなくてはならない。

七恵は冷たい水で顔を洗うと、「おはようございます」と鈴子にいって、彼女が手にしていた包丁を取り上げて、大根を刻んだ。

「まあ、どうしたのけさは。嵐がこなけりゃいいけど」

七恵は黙って味噌汁をつくり、糠漬けのなすをつかんだ。

道路の端に寄せられていた雪がすっかり解けた日、鈴子は長野へ出掛けた。梶山工芸社を訪ねて梶山夫婦に会って、手島昭政と七恵を見合いさせてもらいたいという話し合いをするのだった。

鈴子と梶山夫婦との話し合いは成立した。彼女は帰りに栗駒堂へ寄り、池戸花子に、見合いをすることの報告をした。

「七恵ちゃんの過去のことを、先方に話したの」

花子は鈴子にきいた。

「あとで知って、気を悪くされたくないので、わたしが知ってることを話したわよ」

「先方は……」

「気の毒な娘さんだったんですね。でもいいお家《うち》へもらわれて、幸せになったんですね、っていってくれました。昭政さんにも会いましたけど、よろしくお願いしますって、丁寧に頭を下げたわ。梶山さんご夫婦に礼儀も教えられていたみたい」

「よかったわね。七恵ちゃんは可愛いし、しっかりした娘になったんで、先方には気に入られると思う」

花子はいって、店の栗羊羹を包んで鈴子に持たせた。

つねづね鈴子が気にしているのは七恵の左肩の怪我の跡だった。七恵は物を持つとき、左手は出さない。左腕は痛んでいるわけではないが、重い物を提げたり押したりはできないらしい。両手になにも持っていないときの彼女は、右手を左の肘のあたりにあてているし、ときには左肩のあたりに右手をおいている。裸になると左肩のふくらみの半分ぐらいが削《そ》ぎ取られたようになっていて、痛いたしい。

鈴子は、七恵の左肩の傷跡のことを梶山夫妻と手島には話さなかったといって、暗い顔をした。

「それは先方に話しておかないと」

花子はいった。

「気にしていたことだけど、いい出せなかった」

鈴子は俯《うつむ》いた。

花子は、あらためて梶山家へいって七恵の左肩の傷について話すべきだとすすめたので、鈴子は三日後、また梶山夫婦を訪ねた。

「日常生活に不便がないなら、そのことは気になさらなくても。昭政にはわたしから話しておきます。……戦争の被害って、そういうところにも及んでいるんですね」

梶山の妻はそういった。

それから一週間ばかりして、梶山家から見合いをしたい、場所は長野市内の料理屋にしたいが、都合のよい日を知らせてくれという手紙が坪倉清春宛に届いた。

四月、桜がほころびはじめた日、長野市内の料理屋での見合いにいくことになっていた。

新聞を広げた清春が大声を上げた。横浜桜木町《さくらぎちよう》駅近くで電車が火災を起こして、ドアが開かないために乗客百六人が焼死したというニュースが載っていた。坪倉家では三人が顔を見合わせて胸を囲んだ。

鈴子は若いときの着物を七恵に着せた。

「よく似合う。あんたは背が高いので映えるわね」

鈴子は身長が一六〇センチあまりの七恵を立たせて、前も後ろも見て、清春を呼んだ。

清春は久しぶりに笑った。彼は自転車で北沢家へいき、七恵の晴れ姿を見てくれと徳作にいった。徳作も自転車を漕《こ》いでやってきて、七恵の晴れ姿を眺め、「相手の人に気に入られることまちがいなし」といって、手を叩いてから目頭をおさえた。六年前、七恵は、男物のシャツに男物の黒いズボンを穿いて、徳作と一緒に列車に乗った。その日を彼は思い出したようだった。

鈴子も和服を着た。彼女は帯の締め方を七恵に教えた。

清春は着慣れないスーツに袖を通し、ネクタイを何度も締め直した。三人が着飾って出掛けるのは初めてだった。

4

玄関に打ち水がされている料理屋で三人は、肥えた女将《おかみ》に迎えられた。

「ご先方様は、お着きになっていらっしゃいます」

女将は、見合いの宴であるのを心得ていた。

座敷のふすまが開くと、四人が座布団をはずして畳に手をついた。そろっている四人は梶山工芸社主人の梶山良治《りょうじ》とその妻の絲子《いとこ》。当日の主役の手島昭政。そして水内村の実家からやってきた昭政の兄の康広《やすひろ》だった。

昭政はきょうのために床屋へいってきたらしく、将棋の駒のようなかたちの顔の髪は短く刈っていた。

康広は着慣れないスーツが窮屈そうで、襟や腕を摘まむように落着きなく動かしていた。絲子の着物は海松色《みるいろ》地に鳥兜《とりかぶと》と桜の柄。帯には檜扇《ひおうぎ》と鼓《つづみ》が織り込まれていた。鈴子は自分の地味な着物と見比べて、目を伏せた。

絲子はおしゃれに趣味があるらしく、七恵の着物のことを可愛いといった。

料理は、それまで見たことのない物が次々にテーブルにのった。

絲子は箸の使いかたに慣れていて、出された料理を皿や小鉢に取り分けて、良治と康広と昭政の前へ置いた。

七恵は、昭政の酒の強さを思い出し、彼が盃《さかずき》を持つたびにそっと目を向けた。

昭政は、清春がすすめる酒を受け、一気に盃をかたむけた。彼の横にいる兄の康広が膝をついていた。『酒をいい加減にしろ』と忠告しているようだった。

絲子の箸使いを見てか、鈴子が七恵に料理を控えめに皿にとってくれた。緊張のせいで、どの料理も味が分からなかった。足もしびれたし、早くこの会食が終ってくれないかと願っていた。

清春は康広に、畑ではなにを作っているのかをきいた。彼はさつま薯が主だといってから、「来年はリンゴの苗を植えることになっています」と答えた。何年か後に実が生《な》るのを期待している、と目を輝かせた。

料理が片づいて、香りの高い澄んだ緑のお茶が注がれると、

「七恵さんは、怪我をなさったとうかがっていますけど、いまはもう痛むようなことはないのですか」

と、絲子が七恵の両肩あたりを見る目をした。

「左手で重い物は提げられませんけど、特に不自由を感じたことはありません」

七恵は左の肩を軽く撫でた。

両家は、持参した物を差し出して見合いは終った。七恵は、早く帰宅して着物を脱ぎた

かった。

一週間ばかり経《た》つと、白い封筒が坪倉家の郵便受けに入った。梶山良治からだった。手紙には丁寧な挨拶の文句があって、『これからは七恵さんとお付合いをさせていただきたいので、どうかよろしく』と、かたちのととのった字で書いてあった。

清春は手紙に向かって頭を下げてから、鈴子に渡した。

「よかった。うれしい。肩の荷が一つ下りたような気がする」

といって、手紙に一礼すると七恵に読ませた。

「返事の手紙を出すんでしょ」

七恵は両親にきいた。

「お父さんが書くのよ」

「おれは字が下手だで、恥ずかしい」

「気持ちが通じればいいのよ。今夜にでも返事を書いてね」

「おれも書くが、七恵も書け。よろしくお願いしますってな」

返事をした七恵は、宙に指で字をゆっくり書いた。

長野市の梶山工芸社には電話があったが、坪倉家には設《しつら》えられていなかった。鈴子は電話設置の申し込みをしているとはいっていた。

清春と七恵が梶山良治宛に手紙を送った十日後、今度は手島昭政が手紙をよこした。その文字は、太いエンピツで力を入れて書いたらしく文字は角ばっていて、消しゴムで消して書き直した個所があった。その跡が生真面目で几帳面な性格に思われた。彼も七恵と同じで、手紙のやり取りをする相手はいないようだった。

七恵は胸に手をあてて素朴な感じの文字を拾うように読んだ。短い手紙なのに、「よろしくお願いします」という文句が三か所もあった。休みの日の七恵はなにをしているのかと書いてあったが、彼女は奉公人ではないので休みの日が決まっているわけではなかった。

彼女は彼に手紙を出さなくてはと思っているうちに、桜が散り、白い花のハナミズキも散り、赤いバラも風に飛ばされて葉だけになった。柿の木の根元には蟬《せみ》の抜け殻がいくつも落ちていた。

七恵は特に用事はなかったが栗駒堂へ立ち寄った。

「あら、七恵ちゃん」

いつものように花子がいって、奥から手招きした。

「手島さんて、人の好《よ》さそうな青年でしょ」

花子は、七恵が見合いをした相手のことをいった。

そう思っている、と七恵は生返事をした。

「手島さんとは何度か会ったんでしょ」

「お見合いのときだけです」

「それはよくないわ。梶山工芸社は、毎月、一日と十五日がお休みなのよ。あんたが長野へいくか、彼を小布施へ呼ぶかして、会わなくては。……彼からは、会いたいっていってこないの」

「手紙を一度、いただいただけです」

七恵は、手島の将棋の駒を逆さにしたような顔のかたちを憶えているが、日が経つにしたがって目鼻立ちの印象は薄くなっていた。

「彼からの手紙には、あんたに会いたいって書いてはなかったの」

「お見合いのときの、お礼が書いてあっただけでした」

「手島さんは、女の人に慣れていないので、あんたに会いたいって書くのが恥ずかしいのよ、きっと。……あんたのほうから、お会いできる日がありますかって書いてあげるといいわ」

七恵は花子の話にうなずいた。

その夜、便箋に向かったが、「お会いしたい」とはどうしても書けなかった。

清春と鈴子は、夕飯のたびに、今年はどこへ旅行しようかと話し合っていた。

お盆が近づいた。近所の子どもが広場へ集まって花火をやっていた。それを見物していた鈴子が、「今年は、十和田湖《とわだこ》から奥入瀬川《おいらせがわ》を下りたい」と突然いい、自宅の縁側に腰掛けてうちわで蚊を追っていた清春に告げた。

「十和田湖って青森県だろ。どこをどう通っていくんだ」

鈴子は日本地図を出してきて、

「まず直江津《なおえつ》に出て、新潟、秋田を通過して……」

と、地図の上を指で追って鼻歌をうたうように楽しげだった。

「一日のうちに青森まではいけるのか」

清春は不安そうに眉を寄せた。

夫婦は、食事のたびに旅行の話をしていたが、出発は九月初めと決定した。三泊の予定を立て、七恵も一緒にといったが、

「わたしはお留守番をしている。二人でゆっくりいってきて」

といった。

清春と鈴子は、今年中に手島との婚約の話をまとめたいと話し合っていた。手島は今年中に修業の年が明ける。そして来年と再来年がお礼奉公。その次の年に婚礼という段取りだと、夕飯のときに話していた。七恵は二人の顔をときどき見ながら、なんだか他人事《ひとごと》をきいているようにご飯を食べていた。

「手島さんて、どんな食べ物が好きなのかしらね。お父さんみたいに、好き嫌いのない人

だといいけど」

鈴子は、手島を七恵の夫として迎えたのちのことを考えているようだった。

「今年は、寒くなるのが早いよ」

鈴子が、食後の洗い物をしながらつぶやいた。

「そういうことが、どうして分かるの」

七恵がきいた。

「柿の実の色づきが早い年は、寒くなるのが早いっていわれているのよ」

七恵は台所の窓から柿の木を眺めた。窓に近い枝先の葉の一枚が、色を変えて舞い落ちそうになっていた。そういうのを病葉《わくらば》というのだと本で読んだことがあった。

夫婦が旅行に立つ日、いつもより二時間も早く起きた。七恵はすぐに空を仰いだ。どんよりと曇っていた。昨夜のラジオの天気予報は、午後一時小雨ということになっていた。

「大丈夫。晴れるわよ」

七恵がいうと、鈴子はちらっと空を見上げただけで、「お父さんを起こさなくちゃ」といって首を引っ込めた。

清春は、朝、顔を洗うと仕事場へ入る。未完成の物があると、それにちょっと手を触れる。仕事が好きなのかというとそうではないらしい。いつも仕事が気になっている人なのだ。

夫婦は旅行鞄《かばん》を提げた。「じゃあね。お願いね」鈴子が七恵にいった。

5

清春と鈴子が旅に出て二日目の夕方、二人はいまどの辺にいるのかを七恵は想像していた。十和田湖という大きい湖を高い場所から眺めているのか。それとも奥入瀬という清らかな冷たい水が、音を立て飛沫《しぶき》を散らしている渓谷にさしかかったころなのだろうか。青森は天候に恵まれているだろうかと、彼女は台所の窓に目をやった。きのうまで枝先で震えていた病葉は、風に叩き落とされたのかなくなっていた。

夕飯のおかずに、野菜を煮ようか、魚の干物を焙《あぶ》ろうかと迷っていた。と、勝手口の戸が小さく鳴った。戸が開いたのだった。同時に男の顔がのぞいた。七恵は、一瞬はっと口を開け胸を押さえた。若そうな男が頭から入ってきて、下駄《げた》か草履《ぞうり》を脱いだ。長い髪を額にたらしている男は板の間に上がった。七恵は声を出せなかった。

男は二歩、彼女に近寄ると、「独りか」ときいた。喉を痛めてかすれているようなくぐもった声だった。彼女は後じさりして、戸棚に張り付いた。

「脱いでくれ」

男はすり足で迫ってきた。

「脱げ」

叫んだ。その口は赤かった。

七恵は奥へ逃げた。ふすまを開けようとすると、男の手のほうが早く、ふすまを開け腕をつかんだ。彼が電灯を点《つ》けた。

「寝てくれ」

男は足をからめてきた。七恵は震えて両手で胸を囲んだ。

「横になれ」

そこには座布団が三枚重ねられていた。男はその一枚を部屋の中央へほうり投げ、その上へ七恵を倒した。倒されたが七恵は男を蹴り、這《は》って逃げた。男は彼女の腰をつかまえ、ズボンを脱がした。七恵は初めて声を上げた。

「上を向け」

男は自分のズボンを脱ぎ捨てた。

それまで見たことも、想像したこともない硬いものが七恵の顔をひと撫でした。彼女はなにかいったが、言葉になってはいなかった。

男は、彼女の最後の物を引き裂くように脱がすと、獣のような声とともにおおいかぶさった。男は唸《うな》りながら、犬のように七恵の顔を舐《な》めた。

七恵は強く首を振りつづけていたが、次第に力が抜けていった。

男は力を込めて彼女を抱きしめると、からだをはなして、身支度をした。そして七恵の股間をじっと見ていた。

彼女は男の顔をにらみつけた。男は、額をおおっていた黒ぐろとした髪をうるさそうに掻き上げた。片方の眉が中央から切れたようになって短かった。目の下に小豆ぐらいの大きさのほくろがあった。肌色は白いほうだった。

男は部屋のなかをぐるりと見てから、なにもいわずに勝手口から出ていった。

七恵は唇を噛《か》んだ。いや、舌を噛んで噛み切りたくもなった。なぜ清春の作業場へ逃げ込まなかったのかを後悔した。そこには斧《おの》も鋸《のこぎり》も鑿《のみ》もあった。男を追い出す武器には困らなかったのだ。

彼女は男の顔を頭に再現した。それまで会ったことのない顔だった。男は、彼女が独りでいるのを知っていたのではないか。そうだとすると近所の人間という気がする。

彼女は立ち上がることができず、脱がされた物を抱き寄せると股のあいだに押しつけ、仰向《あおむ》いたまま天井をにらんでいた。

強烈なさみしさが襲ってきた。建物を支えていた石垣の石が、ひとつずつ抜け、建物がかたむいていくようだ。恐さでなく虚脱感と寂寥《せきりよう》が、からだに巻きついてきた。

なにも食べず水を飲んだだけで夜を送った。

次の日は夕方まで台所にすわっていた。外へは一歩も出なかった。日が暮れると寒さに襲われた。震えるからだを両腕を組んでこらえた。左肩には肉が半分しかないのをあらためて実感した。

芋を煮て食べたが、途中で吐きそうになった。

清春と鈴子は三泊して、翌日の夕方帰ってきた。

「ああ、くたびれた。汽車に乗っているのが、長くて、長くて」

鈴子は重い鞄を床に置くと、

「楽しかったけど、やっぱりわが家が……」

そういった鈴子の顔を見た七恵は、わっと口を開けて泣きはじめた。

「どうしたの。三晩もいなかったで、寂しかったの」

鈴子は旅装を解かず七恵の肩を抱いた。七恵は鈴子の胸に顔を押しつけて首を振った。

そのようすを清春は見て、

「どうしたんだ」

と、大声できいた。

「どうしたの。なにかあったの」

鈴子は、七恵の両肩をつかんだ。

鈴子と七恵が台所のテーブルをはさんで向かい合ったのは、深夜だった。酒を二合ばかり飲んで寝床に入り、いびきをかきはじめた清春を見て、鈴子が七恵を台所へ呼んだ。

「なにがあったのか、ちゃんと話しなさい」

鈴子はそれまで見せたことのない顔をした。

七恵は涙をためながら、勝手口から入ってきた男に手込めにされたことを話した。

「知ってる男か」

「見たことのない人」

「どんな男だった」

七恵は、脳に焼きついている男の顔かたちを話した。

「その男が出入りするのを、だれかに見られたか」

「分からない。わたしは外を見なかったので」

「その男が入ってきたのを、だれかに見られてはいないんだね」

「見られていないと思うけど……」

「男に入られたことを、だれにもいうんじゃないよ。それから、男がどこのだれだったかをさぐるようなことをするんじゃないよ。もしも、その男を見掛けたら、お母さんにいいなさい」

鈴子は終始、拳を固くにぎっていた。

「その男は、身寄りのない、もらわれっ子のあんたを見下していたんだ。……許せない」

彼女は拳をテーブルに打ちつけ、目を吊《つ》り上げた。それまで見せたことのない表情だ。気のせいか、鈴子は、台所に立っている七恵のからだをじろじろと見ているような気がした。

鈴子は清春に、七恵が遭った災難を話したようだった。七恵は清春がどんな気持ちでいるかが気になった。

清春は仕事場の踏み台に腰掛けて、外を向いてタバコを喫っていた。仕事に取りかかることができないようで、長時間、動かなかった。北沢に話そうか、いや、話すべきでない、と自問自答しているようでもあった。七恵は、彼の背中を見るたびに胸が痛んだ。

災難に遭った日から二か月ほど経った。鈴子より先に台所に立った七恵は腹をさすった。憂鬱な変化を感じた。毎月、あるべきものが訪れなかった。

長野の手島から手紙が届いた。十一月下旬に二日間、休みをもらえることになったので、どちらかの日に会いたい、と書いてあった。七恵は、どちらの日も都合が悪いという返事を出すことにした。

炊事中に不快感がのぼってきて、洗面所へ駆け込んだ日があった。

「七恵……」

鈴子が背後に立った。振り向くと、彼女は泣いていた。自分が病んでいるかのように胸を押さえて、また、「七恵」と呼んだ。

七恵は、生命を宿したことを実感した。

夜更けてから鈴子に台所へ呼ばれた。

「人に知られないうちに、始末しなくては」

鈴子がそれをいついい出すかを、七恵は恐れていた。

「嫌です」

「嫌って、あんた、産む気なの」

鈴子は口を開けた。

「産みます。産ませてください」

「正気でいっているの」

「正気です」

「子どもを産むっていうことは、どういうことか分かっているの。産んだら、育てるのよ」

「分かっています」

「世間の目を考えたことがあるの。あんたは戦争中に敵にやられて怪我をして、施設に入っていた子なのよ。そういう子をもらい受けてきて、うちの家族にしたのよ。それだけで

も世間は興味を持った。……一人前になって、見合いをして、先方に気に入られた。その
ことも世間に知られた。そういう娘が大きいお腹《なか》をしていることが知られる。世間はあん
たのことをふしだらな女っていうようになるのよ。周りの人たちは、わたしたち夫婦にも
興味を持つにちがいない。娘がどういう人の子を孕《はら》んだのか知ってるのかってね。……当
たり前だけど、手島さんとの縁談は帳消しになるわ。そのあとは、縁談なんかは持ち込ま
れない。もしも縁談があったとしたら、子どもを抱えて困っている人よね。……これから
あんたは、出歩くたびに、世間の人の笑い話のタネにされるのよ。困るでしょ」
「困ります」
「それでも、産むっていうの」
「はい。わたしの子ですので」
「まだなんとかなるので、始末することを考えて。……わたしは、頭が混乱して……。あ
あ、嫌だ嫌だ。あんたは、なんていう娘になってしまったの。……お父さんも困っている
のよ。毎日、タバコばっかり喫っているじゃないの」
鈴子は、梶山夫婦に宛てて手紙を書いた。七恵の身に事故があって、お付合いをつづけ
ることができなくなったので、これまでのおはなしはなかったことにしていただきたい、
と震える手で書いた。
梶山家からは、その手紙に対しての返事はこなかった。

鈴子は池戸花子に会いにいき、『どうも手島さんとは相性がよくないらしいので、お付合いをお断わりしたの』といった。

花子は、『手島さんは、男前じゃないので、七恵ちゃんは好きになれなかったのね』と、薄く笑った。

七恵の腹は突き出し、外へ出られなくなった。

昭和二十七年七月の遠雷の鳴る日、七恵は助産師の手を借りて子を産んだ。戸を閉めきった座敷での産声をきいた清春は、なぜか柱に額を押しつけて身を震わせていた。その背中へ近寄った鈴子が、『女の子よ』と声を掛けた。清春はうなずいたが、しばらくそこをはなれなかった。

『元気な、大きいお子さんです』助産師に抱かれて産湯に浸《つか》った赤ん坊の顔を、鈴子はなにかをさがすように目を光らせて見ていた。

6

小布施には高井鴻山《たかいこうざん》という豪農の人がいた。『日本人名事典』にはこうなっている。

［一八〇六〜八三年（文化三年〜明治十六年）信濃《しなの》（長野県）高井郡小布施村出身。本姓

市村氏《いちむらうじ》、名は健《けん》、通称三九郎《さんくろう》。——祖父の代より資産をなす。京都に遊学し、梁川星巌《やながわせいがん》、春日潜庵《かすがせんあん》に学ぶ。のちさらに江戸で佐藤一斎《さとういっさい》に学ぶ。一八三六年（天保七年）の飢饉《ききん》には信濃に帰り救恤《きゅうじゅつ》に尽す。再び江戸に出て、松平慶永《まつだいらよしなが》に海防意見書を提出。また公武合体論を唱え、佐久間象山《さくましょうざん》らと交友した。維新後、東京で高矣義塾《たかいぎじゅく》を開いた」

小布施と浮世絵師の葛飾北斎《かつしかほくさい》とは深い縁がある。江戸時代に北信濃の経済と文化の中心として栄えた小布施を北斎が訪れたのは、高井鴻山がいたからといわれている。江戸で知り合った二人は天保十三年、北斎八十三歳、鴻山三十七歳のころに親交を深め、北斎は九十歳で亡くなるまでの七年間に、小布施を四回も訪ねている。

江戸時代の俳人・小林一茶《こばやしいっさ》もたびたびこの町を訪ね、「拾われぬ栗の見事よ大きさよ」などの句を遺《のこ》していて、一茶の句碑は町内にいくつも立てられている。

赤ん坊は、両親と話し合って幸帆《さちほ》と名付けた。戸籍簿には父親のいない子として届けられた。

赤ん坊のことは近所に知られないようにと、戸を閉めきっていたが、清春と鈴子が近所の人から、『赤ちゃんは男の子、女の子』ときかれ、知らない人がいないくらい噂は広がっていた。もう隠しだては無駄と分かると、鈴子は幸帆をおぶって庭を掃いたりしていた。

世間は、『七恵ちゃんはだれの子を産んだのか』と知りたがっているようだったが、噂をし合う人も少なくなった。

設置されて間がない電話に、『赤ん坊の父親を、おれは知っている』と、名乗らない男から掛かってきた。『七恵は、赤ん坊の父親を知らないだろう。教えてやるので、少し金を用意してくれ』という電話も入った。そういう電話には蓋をするように黙って切ったが、ほんとうに赤ん坊の父親については知っている人がいるような気がした。電話は便利な必需品だったが、七恵の目には凶器に映る日があった。

七恵には、襲ってきた男についての記憶がひとつある。それは檜《ひのき》の匂い。たまに清春の作業場でそれに似た匂いを嗅ぐことがあった。作業場をのぞくと、清春が檜の板を削っていた。

幸帆は夜中にかぎって熱を出した。

「この子は、からだが弱いのかしら」

鈴子は心配顔をした。小雪が舞う深夜、熱を出した幸帆を抱いて、七恵と鈴子は、だれかがすすり泣いているような細い道を抜けて医院へ走った。

「大丈夫です。子どもは熱を出すことがしばしばあるんです」

老医師は、子どもを産んだことのない鈴子にいった。

清春は仕事が多忙になった。長野電鉄小布施駅の近くの志賀之山酒造《しがのやましゆぞう》の酒蔵《さかぐら》と店への通路が建て替えられることになり、その建物の建具一切を清春に任せたいという話が入った。その建物が完成するのは一、二年先だった。

建築大工棟梁の北沢徳作から渡された図面を見ているところへ、北沢がやってきて、

「腕がいいかよくないかは分からんが、変わり者の青年が一人おる。木工所で働いていたことがあるらしい。ためしに使ってみてはどうか」

といった。

「変わり者とは、どういうことか」

と清春はきいた。

「長崎の出らしい。どういう事情があったのか知らんが、幾日もかけて長崎から歩いてきたっていっとる」

「歩いて。……ただものじゃないな」

青年の名は有馬信三《ありましんぞう》。二十八歳だという。

「その男は、いまはどこでなにをしとるの」

「長野の居酒屋で働いとる。おれはその店で知り合ったんだ。木工の技術を持っとる者が、居酒屋の店員をしとるのはもったいない」

清春は、有馬信三という青年に会ってみたくなった。長崎から歩いてきたというのが事実なら根性のある男のような気がした。仕事ができる男なら雇ってもいいと思った。

有馬が働いている居酒屋が休みの日、清春と北沢は長野へ出掛けた。

有馬は、居酒屋が借りているアパートに住んでいた。清春と北沢は、善光寺の大門近くのそば屋へ有馬信三を呼び出した。

身長一七〇センチぐらいの有馬は肩幅が広く、太い腕をしていた。顔も大きめで眉は太い。三月の冷たい風の吹く日だったが、有馬は薄っぺらなジャンパーを着てやってきた。

「長崎から歩いてきたというが、それはいつなの」

清春がきいた。

「出発したのは去年の一月です」

「長野までは、どれくらいかかった」

「途中の岡山と京都で体調を崩して、数日、歩けなかったので、計画どおりには進めませんでした。長崎を出たのが一月五日で、長野へ着いたのが二月二十日でした」

「乗り物は一度も利用しなかったの」

「全行程歩きです。そのつもりで出発しましたので」

「長野市を目指した目的は」

「善光寺さんをお参りしたくなったからです。善光寺さんのことが書いてある本を読んでいるうち、参詣《さんけい》したくなりました。冬のほうが歩きやすそうだと思ったので、一月に出発しました」

話しているうちに有馬の目は輝いてきた。

「なぜ、善光寺を参詣したくなったのかな」

北沢がきいた。

「家族の供養です」

「家族とは、どなたの」

清春がきいた。

有馬はポケットから白いタオルをつかみ出した。暑くもないのにタオルをたたんで顔にあてた。顔を拭うと音がするようなまばたきをした。

「私には両親と姉と兄がいました。家は浦上天主堂《うらかみてんしゅどう》の屋根の一部が見える上野町《うえのまち》にあって、父が小さな織物業をやっていました。……昭和二十年八月九日の朝……」

そこで有馬は言葉を切り、唾を飲み込んだ。

「八月九日。あっ、それは、長崎に原爆が落とされた日では……」

清春は目を見開いた。

「両親も姉も兄も自宅で……」

「四人とも亡くなったんだね。あんたは……」

「私は福岡の親戚にあずけられていました」

北沢は目を瞑ると手を合わせた。

「長崎へは、いったんだね」

「原爆にやられた日から何日か経って、親戚の人と一緒に家を見にいくと黒い瓦礫《がれき》のなかから鉄筋だけが槍《やり》のように天を突いていました。焼けただれた機械が残っていたので、自分の家だということが分かりました。親戚の人は私の家族がどこで葬られたかを調べてくれましたけど、はっきりしたことは分かりませんでした。……私は自宅の焼け跡からシャトルを一つ拾って、福岡へもどりました。大学をやめて長崎へ帰りたかったんですが、親戚の人にとめられ、卒業してから長崎にもどりました。家を建てる資金はないので、土地の処分は市に委ねて、働くことにしました」

「どういうところで働いていたの」

清春は身を乗り出した。

「土木作業員をしていましたけど、知り合った人が木工所を紹介してくれましたので、そこへ入りました。小佐々工作所《こざさこうさくじょ》といって、従業員が二十人ぐらいの家具や建具をつくる工場でした」

「そこであんたは、どんな仕事をしたの」

「最初に教えられたのは、釜と鍋の蓋つくりでした。厚さ四センチぐらいの板を丸く切って、溝を彫って取っ手を叩き込んだ釜の蓋は、つくる片っ端から売れていきました。どこの家でも釜や鍋の木蓋は焼けてしまって困っていたんです。木の蓋が売れなくなったころからは、くる日もくる日も戸縁《とぶち》を削る仕事ばかりやらされました。その工作所の主人は、鉋や鑿研ぎにうるさい人でした。朝は一時間ぐらい二丁の鉋と鑿三丁を研ぎ、午後もまた研ぎました」

有馬は右手を清春と北沢に向けた。人差指の先端が内側に曲がっていた。鉋を研いでいるうちに指先が変形したのだった。その手と指を見た清春は、

「私のところで働いてくれないか」

と有馬にいった。

清春と北沢は、有馬を小布施へ連れていき、坪倉家具店の作業場を見せた。

有馬は削り台に長さ一メートルほどの垂木《たるき》をのせると、鉋の刃を調整して一気に削った。白い鉋屑は輪になって鉋から飛び出した。

そのとき奥から赤ん坊の泣き声がした。それをきいた有馬は、『赤ん坊がいるのか』と清春に目できいた。清春は、「娘の子だ」と答えた。

有馬はどこで踏ん切りをつけたのか、「こちらへ勤めさせてください」といって深く頭を下げた。

第二章　突風の宴《うたげ》

1

有馬信三は、坪倉家具店から歩いて十分ほどのところのアパートを借りた。

彼には寝具と当面着る物はあったが、炊事具がなかったのでそれは鈴子が買いそろえてくれた。彼は長野でもアパート暮らしだった。朝食はどうしていたのかと鈴子にきかれた。前の晩に居酒屋の残り物を持って帰っていたのだと答えた。

「健康管理の第一は食事だからね」

と鈴子に、朝食をちゃんと摂《と》ってから出勤するようにといいつけられた。

鈴子は、きれい好きで几帳面な性格らしく、地味だが清潔な服装をしていた。信三は最初に彼女を見たとき、口やかましい女性ではないかと思ったが、それほどではなかった。だが人の顔色をじっとうかがうような表情をすることがあった。それは生まれつきなのか、それともさまざまな出来事に出合ってきたために、人をよく観察する癖がついたのか。人の話をきくとき、この人のいっていることはほんとうだろうかと、耳を澄ましているようなところがある。

信三は鈴子にきかれたので、長崎に原爆が投下された何日か後、親戚の人と一緒に福岡から長崎へいき、画面に墨を撒きちらしたような風景を見て、足がすくんで歩けなくなったときのことを話した。そのときの彼女は、目をうるませて、奥歯を噛んでいた。

主人の清春は至極穏やかな性分だ。ほほ笑むような表情をして人の話をきく。だが仕事には厳しい目を持っていて、信三が鉋をかけたあとに手を触れ、満足しないとやり直させる。同じことを何度もやり直させる。『おまえが削ったり組み立てたものは、おれがやった仕事ということになる。だからおれが納得するまでやり直してくれ。材料はいくら使ってもかまわん』といっている。

信三は清春のことを、いい師匠に出会えたと思っている。

信三が坪倉家具店で働くようになってからの最大の関心事は七恵である。

彼が最初に出勤したとき、清春と鈴子は奥から七恵を作業場へ招んだ。そこで鈴子が、『娘の七恵です。いま奥の部屋で泣いているのは七恵の子で、幸帆という女の子です。まだ一歳になっていないのよ』と紹介した。

その後、七恵や鈴子が抱いている幸帆を何度も見たが、七恵には似ていないようだった。

信三は器量よしの七恵を見て勝手な想像をめぐらせていた。彼女の夫は勤め人で、遠方に赴任しているのではないか。小布施へはたまにしか帰ってこられないのだろうと。

だが、一か月経っても三か月がすぎても、七恵の夫は姿を見せなかった。離婚したのではないか、という想像が湧いた。信三は四月から坪倉家具店で働いていて、夏がすぎ、ケヤキの葉が雨のように散る季節になったが、七恵の夫で幸帆の父親という人はあらわれなかった。

信三は、毎朝、にぎり飯を二つ食べて出勤した。前の晩にご飯を炊いて、翌朝にそなえていた。昼食は坪倉の家族と一緒に摂り、一時間休む。休憩をはさんで午後七時少し前まで仕事をする。それからまた、家族とともに夕食を摂る日が繰り返されていた。

日曜が休みなので、午前中は寝ていた。午後は小布施村内はもとより、千曲川や松川に沿って歩いたり、地獄谷《じごくだに》温泉あたりまで歩いていった日もあった。

志賀之山酒造の酒蔵建て替え計画は延期になっていて、坪倉家具店は手のすく日があった。

小布施は栗が特産だ。栗の木を敷き詰めた路地もある。

坪倉家とは親戚の北沢徳作から、『栗の木の流しは長持ちする』という話をきいた。製材所で栗の木があるかときくと、倉庫を見せてくれた。そこには栗の丸太も板も積まれていた。

試しに栗材で流しをつくり、『長持ちする流し』と墨で書いた札を出した。
二、三日後に、見本につくっておいた流しは売れた。
清春は注文を受けた障子をつくっていたが、信三は栗材で流しをこしらえた。栗の木の流しは評判になり、村内だけでなく、湯田中《ゆだなか》温泉や地獄谷温泉からも注文が入った。上林《かんばやし》温泉からは栗の木で湯槽《ゆぶね》をという注文もあった。

北沢は清春に、『信三を雇ったのはよかったな』とタバコをくわえていった。


晩秋に志賀之山酒造の建て替え工事がはじまった。清春は図面を見て、大小の建具の材料集めをし、夜になると柱を削り、溝を彫っていた。『仕事をどっさり抱えているってい い気分だな』障子の腰板を削っている信三に話し掛けた。信三の栗板での流しつくりは一時中止になっていた。信三はじつは、毎日、同じ物をつくる仕事に飽きていたのだった。

昭和二十九年、酒蔵は完成し、大小の窓に建具がおさまった。

満開の桜が散りはじめた四月二十日、酒蔵落成の祝賀の宴が催されることになった。宴会には町長も町議会議長も農協組合長も所轄署の駐在も、工事に携わった人たちも、町内の主要商店の店主なども招かれた。長野からは芸者が招かれ賓客に酌をした。近所の主婦たちは前の日から台所仕事に詰めかけていた。坪倉鈴子は台所で煮物のかげんをみたり、おにぎりをつくったりし、七恵は二階に幸帆を寝かせて洗い場を手伝っていた。

北沢と清春は、酒と人いきれに酔って、閉会の午後九時を待たずに会場をあとにした。

鈴子は午後十時すぎに帰宅して、「ああ、疲れた」といって、伸ばした足を揉《も》んでいた。七恵は一足先に幸帆を抱いて家にもどり、幸帆に添い寝していた。

午後十時半ごろ、鈴子が風呂に入ろうとしたとき、パトカーのサイレンをきいた。べつの車のサイレンもきこえ、そのものものしさに寒気を覚えた。酒に酔った清春は軽いいびきをかいて寝入っていた。

翌朝、昨夜のパトカーなどが走りまわった理由を知った人たちは、口を開けて天を仰いだ。

昨夜、祝賀会が終ったあと、火の用心のために見まわりをしていた男が、志賀之山酒造の大杉《おおすぎ》家の自宅の坪庭に倒れている人を見つけた。声を掛けて近寄ったが倒れている人は応えないし身動きしなかった。懐中電灯を近づけた。見まわりの男はわっと叫んで腰を抜かした。倒れているのは男で、腹から血を流していた。

会場に居残っていた酒造所の従業員から所轄の須坂警察署に通報が入り、駆けつけた署員と委託医師によって男の死亡が確認された。

死亡した男は身元の分かる物を身に付けていなかった。酒を飲んでいたようだったから、祝賀会の出席者だったろうと推測されたが、見まわりの人はだれなのか知らなかった。

遺体は翌日、松本市の大学の法医学教室で解剖された。その結果、判明したことは、右明した。

腹部を出刃包丁で刺され、そこからの出血が死亡原因。腹を刺した出刃包丁は現場付近にないことから、自殺の線は消された。つまり他殺である。刺された現場は、酒蔵と自宅の中間にあるトイレの前。そこから血痕が通路に点々と散っていた。被害者は朦朧《もうろう》状態で歩き、黒竹が四、五本立っている坪庭に迷い込んだところで力尽きたらしい。遺体には注目すべき点がひとつあった。それは出刃包丁の刃が上向きだったこと、刃が下向きより上向きの場合は、憎悪のあらわれとみられている。それと二度刺していることが傷の状態で判明した。

遺体の体格は、身長一六八センチ、体重六一キロ。髪は濃くて長め。左の眉がほぼ半分消えている。過去に怪我をしたらしい傷痕である。右目の三センチほど下に小豆大のほくろ。肌色は白いほう。年齢は二十代後半から三十代前半見当。

腕も手の指も太く、力仕事に就いていたらしい。

殺害された男の遺体が発見された翌日、長野市三輪《みわ》の金柾銘木店《かねまさめいぼくてん》から、男子社員の一人が出勤しないし連絡もなかったので、住所のアパートを見にいった。ドアは施錠されていたので、家主に頼んで部屋へ入った。室内は整頓され、壁ぎわには布団が重ねられていた、という通報が須坂署に入った。

そこで、解剖検査がすんでもどってきた男の遺体を銘木店の社員に見せた。社員は一目見ただけで後ろを向き、署員に「猿畠《さるはた》です」と告げ、口を押さえた。

といった。

「猿畠という当社の社員です」

珍しい名字だと署員がいうと、猿畠武継《たけつぐ》といって、金柾銘木店に何年も勤めていた男だといった。

署員がきいた。

「さるはた……」

金柾銘木店は近在に知られた会社だ。高級家具用の木材を扱っているかたわら、応接用のテーブルなどの製造も請負っていて、社員は約二十名。

猿畠武継の詳しい身辺情報を得るために、捜査員の上条《かみじよう》と矢島《やじま》が銘木店へ向かった。

銘木店では社長の五島《ごとう》が捜査員を迎えた。

猿畠武継は、黒姫《くろひめ》高原に近い信濃町生まれで、三十歳。出生地の高校を出て東京のN大学に進んだが、一年で中退した。中退の理由は勉強が嫌いになったことと、上京してすぐに勤めた居酒屋の仕事が忙しく、深夜まで働くために朝起きが至難になったということらしかった。

二十四歳で長野にもどり、善光寺大門のカフェに勤めていた。そこで知り合った金柾銘木店の社員にすすめられて、同社の社員になった。

「真面目な社員でした。営業と納品を担当していましたが、交通事故を起こしたこともないし、仕事での大きな失敗もありません。からだは丈夫で、欠勤はほとんどなかったと思います」

黒縁メガネを掛けた五十代の社長はそういった。

「そういう社員が殺された。私たちは怨恨の線が強そうだとにらんでいます。……猿畠さんは、志賀之山酒造の祝賀会に招かれていましたか」

上条がきいた。

「猿畠は建築資材の納品を担当していた関係で会場の手伝いにいっていました。祝賀会には私と営業部長の川崎《かわさき》も出席しました」

「社長は、会場で猿畠さんにお会いになりましたか」

「会いました。猿畠は会場の準備のお手伝いをしていましたので、私たちよりずっと前にいっていたと思います。……私と川崎は、会場に一時間ばかりいて、午後八時すぎに、志賀之山の会長と社長に挨拶して帰りました。そのとき猿畠は、空きびんを片付けたりしていました」

上条は、社長の答えにうなずきながらノートをめくった。ノートには猿畠の遺体の写真がはさんである。

「猿畠さんは酒を飲める人でしたか」

上条がきいた。

「わが社では、社員の誕生日には小宴会をやっています。今年の猿畠の誕生会にも十人ばかりが出て、お祝いをしました。そのとき彼は、日本酒なら三合ぐらいが限度だといっていましたが、ビールでも一口飲んだだけで顔が赤くなる男でした。私は、彼が酔ったところを見たことはありません」

「猿畠さんの顔には、傷痕がありますが、それはご存じでしょうね」

「傷痕……」

社長は首をかしげた。

「左の眉が半分ほど欠けています」

「ああ、それは、学生のときに自転車同士が衝突して、そのさいの傷だときいた憶えがあります」

「猿畠さんは三十歳で独身でした。お付合いしている女性がいたでしょうか。それとも縁談があるようなことを、おききになったことは……」

「縁談のことも、女性関係の話もきいたことはありませんし、私も彼に結婚のことなんかをきいていませんでした。もしかしたら女性については、無頓着だったのではないでしょうか」

「無頓着。……普段の服装はどんなでしたか」

「まあ普通でした。目立つような物を着てきたことはなかったと思います」

上条と矢島は、猿畠が借りていたアパートの部屋を見ることにした。

2

猿畠武継が暮らしていたアパートは二階建てで六部屋あった。彼は二階端の西陽があたる部屋に単身で住んでいた。勤務先の金柾銘木店へは歩いて十二、三分の距離。彼は古い自転車を持っていて、雨天でないかぎりそれに乗って通勤していた。部屋の造りは六畳と三畳と台所。風呂場はなく、彼は歩いて五、六分の銭湯を利用していたことが分かった。

ドアを入ると下駄が八の字になっていた。

三畳間には折りたたみのできる卓袱台《ちゃぶだい》が置かれ、肉の厚い湯呑みがのっていた。台所の棚には小さな鍋と茶碗が五つ伏せてあった。

流し台の下の扉を開けると、じゃが薯が二つ転がり出てきた。その薯には乾いた土が付いていた。調味料は、味噌と醤油と塩。その横の白い袋に米が入っていた。包丁が一丁横になっていた。

晩酌などの習慣はなかったらしく、酒類は見あたらなかった。

六畳間の窓ぎわに布団が重ねてあり、その上に寝間着がまるめられ、大衆雑誌が一冊のっていた。猿畠には本を読む習慣はないようだった。

押入れのふすまを開けた。厚い掛け布団と布団を入れる茶色の袋があり、その袋のなかに衣服や下着類が重ねられていた。男独りの住まいとしては概ね整頓されているほうと二人の刑事は判断した。

部屋と台所をカメラに収めてから、アパートと向かい合っている家主方の主婦に会った。家主は小清水《こしみず》という姓で、主人は長野市役所の職員。東京の大学へいっている息子と地元の高校へ通っている娘がいた。

「猿畠さんはアパートに五年あまり住んでいましたけど、毎月月末には家賃を持ってきてくれます。家賃を遅らせたことは一度もなかったと思います。家賃以外のときにきたことはありません。家賃を持ってきたときに、どんなことを話したかって……。さあ、時候の挨拶をしただけだったと思います」

主婦はそういってから、猿畠に関して思い出したことがあるといった。それは去年の師走のことで、見ず知らずの女性が小清水家へやってきて主婦に、『猿畠さんはいまもアパートに住んでいますか』ときいた。住んでいると主婦が答えると、その女性はアパートの階段下へ立って、二階を見上げていた。猿畠の部屋を訪ねたが不在のようだったので、彼の帰宅を待っていたようだった。

「その女の人は長いこと階段の下にいました」

「どのぐらいの時間ですか」

矢島刑事がきいた。

「夜までの五、六時間はいたと思います」

「そんなに。……何歳ぐらいの女性でしたか」

「四十歳ぐらいか、もう少し上だったかもしれません」

「服装を憶えていますか」

「黒いオーバーを着て、ショールかマフラーを巻いていました。風に吹かれていたからか、髪はくしゃくしゃだったのを憶えています。眉の濃いキツい顔の人でした」

「その女の人がきたのは、一度だけ……」

「わたしが見たのはその日だけでした」

上条と矢島は、主婦のいったことを詳細にメモした。


志賀之山酒造の庭には瓢簞《ひょうたん》形の池があって、赤や黒の鯉《こい》が泳いでいる。夏はトンボや蝶《ちょう》が羽を休めにやってくる。春は池に向かって伸びた梅の枝に野鳥がとまって笛を吹く。花筏《はないかだ》の浮くその池の底から一丁の出刃包丁が拾い上げられた。

猿畠武継が刺された凶器にちがいないとみられたが、血痕は鯉や蛙《かえる》に舐めとられてしまったらしく、刃や柄からも痕跡は検出されなかった。

しかし彼が刺された創洞《そうどう》のかたちから、その包丁が猿畠殺害に使われたことはまちがいなかった。

捜査本部は出刃包丁の出所をさぐった。祝賀会の準備には何丁もの包丁が使われたが、何年間も大杉家の台所に立っていた女性が出刃包丁の写真を見て、「わたしたちがごくたまに使っていたものです」といった。彼女は、何度かにぎったことのある包丁が殺人に使われたのを知って、胸で手を合わせてしゃがみ込んだ。

須坂署の捜査本部は、松本の大学から送られてきた解剖所見をあらためて検討した。出刃包丁は刃を上向きにして、猿畠の腹部を刺しているが、一突きして包丁を抜き、再度刺した。二度目は少しえぐるような刺しかたをしていた。一度刺しただけでは死なないと思って再度刺したのか、二度目には感情がこもっているような刺しかたをしていた。創洞は二度目のほうが深いことも分かった。

「加害者は力の弱い者ではないでしょうか。一度刺しただけでは殺せないと思ったので、二度刺したんじゃないでしょうか。それと左利きの可能性があります」

若い捜査員が発言した。

「力の弱い者か」

刑事課長は唸るような声を出した。

「犯人は、外部から台所へ入ってきて、包丁をつかんだのでしょうか」

若い捜査員は首をかしげた。

「それも考えられるが、私は、台所で包丁を使っていた者という見方もできると考えている」

上条が答えた。

「炊事を担当していた者ということですか」

「そう。炊事場か、その近くで炊事に携わっていた者ではないか」

「炊事場とその周りには何人ぐらいがいたでしょうか」

「五、六人はいたらしい」

「全員、女性だったでしょうか」

「炊事には手を出さなかったが、炊事場を出入りしていた男はいたと思う」

炊事場かその近くにいた者で、なんらかで猿畠とかかわりのある者を特定することになった。炊事場にいたのは大杉家の近所の女性が主だったらしい。だれとだれがいたのかはすぐに判明しそうであった。

炊事場で中心的な役目をはたしていたのは栗駒堂の池戸花子だと分かったので、上条と矢島は彼女に会いにいった。店には客がいたので勝手口にまわって声を掛けた。花子は白いエプロン姿で出てきた。

彼女は台所のテーブルへ二人の刑事を招いた。

「祝賀会当日、志賀之山酒造の炊事場には、だれとだれがいましたか」

上条がきくと、花子は上を向いて瞳を動かした。

「味噌屋の百合江《ゆりえ》さんと、運送屋のあやさん。それから家具屋の鈴子さん。あとはだれだったかしら……」

彼女は思い出そうとしてか、頰をつまんだり耳たぶを引っ張ったりした。

刑事は花子を含め四人の名をノートに控えた。

「あと二人ばかりがいて、お酒を持っていったり、空いた器やびんを運んだりしていました」

「男の人はいなかったの」

「炊事には手を出さなかったけど、空になったビールびんを持ってきたりしていた人はいたようでした」

猿畠武継の死亡推定時刻は、四月二十日の午後八時五十分ごろとなっている。それは小布施町出身の歌手、三ツ木冬乃《みつぎふゆの》が、ギターの伴奏で、「母を慕いて」や「千曲川夕映え」をうたっていたときだった。

「歌がはじまるのをきいたわたしたちは、宴会場の隅へいって、一段高いところでうたいはじめた冬乃さんを見ていました。……わたしは、NHKののど自慢に出て、合格したときの冬乃さんを見ていました。冬乃さんは十五か十六のときだったと思います。そのころから、『歌の上手な娘』といわれていました。……何年かぶりに冬乃さんを見て、わたしはうっとりしました」

花子は、刑事から事件について話をきかれているのを忘れたように目を細めた。彼女の答えからは、凶器にされた包丁をだれが使って、どこに置かれていたのかは分からなかった。

上条と矢島は、上信味噌店《じょうしんみそてん》の主婦の安西《あんざい》百合江を訪ねた。五十代後半の彼女の髪は半白だった。

「そういわれてみると、無用心でしたね。三ツ木冬乃さんの歌がはじまるのをきいて、わたしたちは持っていた物を調理台へ置いて、歌をききにいきました。そこへだれがきたのかは分かりません」

「出刃包丁は、調理台の上に置いてあったんですか」

矢島がきいた。

「出刃包丁は、魚をさばいたりするのに使う物です。あの日は、魚をさばいたりはしなかったので、使わない包丁は流し台の下にしまわれていたはずです」

運送店の木下《きのした》あやを訪ねた二人の刑事は、祝賀会の日、出刃包丁を見たかときいた。

「わたしは、漬け物を刻むので、流し台の下から包丁を取り出して、家具屋の鈴子さんと並んで、野沢菜や、沢庵《たくあん》や、味噌漬けを刻みました」

「あなたも、三ツ木冬乃さんの歌う姿を見にいきましたか」

「いきました。あとで考えれば無用心でしたけど、調理台の上の包丁はそのまま置いていきました」

二人の刑事は、坪倉家具店の勝手口へ声を掛けた。台所にいたらしい鈴子が戸を開けて、

「ご苦労さまです」といった。

祝賀会の日の午後七時すぎ、どこでなにをしていたのかを鈴子にきいた。

「わたしは炊事場で、運送店のあやさんと話しながらお赤飯のおにぎりをこしらえていました。忙しくて夕飯を食べることができない男衆に食べていただくおにぎりです。花子さんに冬乃さんの歌がはじまるってきいたので、手を拭きながら宴会場の隅へいきました」

彼女はお茶を淹《い》れるといったが、刑事二人は、またくる、といって頭を下げた。

3

昭和二十九年九月、青函《せいかん》連絡船洞爺丸《とうやまる》暴風のため転覆。死者・不明一一五五人という大事故が報道された五日後の曇り日、松本署の林田《はやしだ》と立木《たちき》の二刑事が須坂署へやってきた。

「こちらでは、志賀之山酒造で起きた殺人《コロシ》を調べておいでですが、犯人《ホシ》の目星のようなものは……」

と、降旗《ふるはた》刑事課長にきいた。

「正直なところ、目星はついていません」

降旗課長は眉間を寄せて、二人の刑事の顔を交互に見て答えた。

「去年の八月下旬のうだるような暑い日の夜、松本の裏町《うらまち》の路地で、近くの小料理屋の女性が、顔と手を切られる事件がありました。最近になって、その事件に関係がありそうなある情報が入りました。その情報はこちらの事件《ヤマ》に関係がありそうです」

と、四十半ばの林田がいった。

降旗課長はすわり直すように腰を動かした。

「うちが抱えている事件に……」

降旗はすぐに志賀之山酒造の酒蔵落成祝賀会の夜を思い出した。会の最中に、建築資材納入業者の一人の猿畠武継が何者かに出刃包丁で腹を刺されて死亡した。その殺人事件は五か月あまり経過したが、犯人に結び付く情報は得られていなかった。そのため捜査本部には倦怠《けんたい》の空気がただようようになっていた。

「顔と手に怪我をした女性は佐野京子《さのきようこ》といって、松本の裏町で『浅間《あさま》』という小さな店をやっていました。その店へ猿畠武継はちょくちょく飲みにいっていて、四十一歳の京子と特別な間柄になりました。ところが猿畠は京子に飽きたのか、店にも寄りつかないし、彼女とも会わなくなった。それまで浅間で飲み食いした料金も滞っていた。……八月下旬の夕方、京子と猿畠は裏町でばったり出会った。彼女は彼の袖を引っぱって路地に立って話し合いをした。彼女が彼をなじったのだと思う。すると彼は道の端に落ちていた茶碗のかけらを拾い、それで彼女の顔と手に切りつけた。血を流した京子は路地へうずくまっていた。……そこを彼女の知り合いが通りかかり、顔から血を流しているのに驚いて、近くの医院へ連れていった」

林田が説明した。

「傷は浅かったからか、彼女は傷害事件として届け出をしなかった」

降旗課長はメガネの縁に手をやり、佐野京子の怪我の程度をきいた。

「額の左と頬に、小さな傷痕が残っています」

その事件をきっかけに、京子は店を閉じた。住所も変わり、しばらくどこへいったのか消息は不明だった。

最近になって彼女は山ノ内町《やまのうちちょう》の湯田中温泉の旅館に勤めていることが分かり、林田と立木は彼女に会いにいった。

二人の刑事は京子を、勤めている旅館から呼び出し、夜間瀬川《よませがわ》のほとりで、じっくりと話をきいた。

『あなたの顔と手に怪我をさせたのは、男ですね』

林田がきいた。

『長野市に住んでいた猿畠という男です』

『猿畠という男とあなたは親しい間柄だったらしいが……』

『恥ずかしいことですけど、何度もわたしのところへ泊めたことがありました。最初は、わたしがやっていた浅間という小さな店へふらっと入ってきて、二、三本飲んで、ろくに話もせずに帰りました。一週間ぐらいするとまた飲みにきて、わたしのつくったつまみをほめました。それから月に三回ぐらい、勤め先が休みの前の日にきてくれるようになり、わたしは店を早めに閉めて、一緒に帰っていました。……そういうことが一年ほどつづいていましたが、彼は店の料金を、「つけておいて」といって払わなくなりました。そしてそれまでのようにわたしのところへ泊まらなくなり、年末近くにはぴたりとこなくなりました。わたしは嫌われたのを知りました』

と語り、唇を嚙んだ。

猿畠が店にこなくなった年の瀬近いある日、京子は、飲み代の取り立てを思いついて猿畠の住所のアパートへいった。彼は彼女がきているのを知っていたかのように帰ってこなかった。

それから半年以上が経ったある夕方、浅間のすぐ近くの路地で、京子は猿畠の姿を見つけた。それで路地奥へ引っぱっていって、滞っている飲み代を、『払ってちょうだい』と催促した。彼は、『きょうは持ち合わせがない』などといって逃げようとしたので、京子は彼のシャツの裾をつかんだ。転びそうになった彼は道の端に捨てられていた茶碗のかけらを拾うと、それを彼女に振りまわした。彼女の顔と手から血が噴き出たのを見たにちがいないが、彼は背を向けて走って逃げた――

松本署の刑事の話をきいた須坂署の降旗課長は、上条と矢島刑事に、湯田中温泉へいって佐野京子に会うようにと指示した。

その指示を受けた両刑事は、志賀之山酒造を訪ねた。酒蔵落成祝賀会の出席者のなかに佐野京子がいたかを、祝賀会で幹事をつとめた社員に尋ねた。

「招待者名簿にはありませんが、どういう方でしょうか」

「もしかしたら厨房のお手伝いをした人なのかも」

「厨房を担当してくださった方々も記録されていますが、佐野京子さんという方は入っておりません」

それをきくと上条と矢島は、湯田中温泉の旅館銀風荘《ぎんぷうそう》へいって、勝手口から佐野京子を外へ呼び出した。

中背の京子は細面《ほそおもて》の憂い顔だが、目だけは異様なほど光っていた。

「今年の四月二十日、あなたはどこにいましたか」

上条は、紺色のセーターを着た京子の顔をにらんできいた。

「四月二十日って、なんの日でしょうか」

京子は、二人の刑事の顔を見比べるような表情をした。

「湯田中温泉にとっては特別な日ではなかったと思うが、小布施町では、志賀之山酒造という会社の酒蔵が建て替えられ、その祝賀会が催された。町内や近在から大勢が集まったし、小布施町出身の歌手の三ツ木冬乃がきて歌をうたいました」

「志賀之山酒造の名は知っていましたけど、小布施にはいったこともありません。栗が有名で、きれいな町だということはきいたことがありました」

「あなたは、松本で小料理屋をやっていたとき、店の客だった猿畠武継さんと親しくなっていた」

上条がいうと、京子は下を向いて、地面の小石を蹴るような格好をした。

「その猿畠さんは祝賀会に出て、裏方の手伝いをしていたが、なにがあったのか不幸な目に遭った。それは知っていますね」

「不幸な目といいますと……」

「殺されたんです。腹を出刃包丁で刺されて」

「殺された……」

京子は光った目を上に向けた。風の流れに逆らって飛ぶ黒い鳥を見ているようだった。

「猿畠さんが殺されたのを、知らなかったのか……」

「知りませんでした」

「ラジオで放送されたはずだが」

「きいていませんでした」

「四月二十日に、あなたが、いつもどおり勤めていたかを、旅館で確かめますよ」

「確かめてください。その日、わたしはどこへもいっていないはずです」

京子は、猿畠はだれにどうして殺されたのかをきいた。かつてからだをむすんだことのある猿畠の体臭を、思い出しているようでもあった。

「だれに殺されたのか、分かっていないんですね」

「分かっていないんです。だからこうしてあなたに会いにきたんです」

「忘れていた人のことを……」

「あなたは、顔を鏡に映すたびに、猿畠を思い出していたんじゃないですか。彼を忘れてなんかいなかった。だれかに頼んで、彼を消したのでは」

「刑事さん。わたしは嫁にしてくれる人がなくて、小さな飲み屋をやっていた女です。男と争って顔や手に傷をつくりました。いまは温泉旅館で下働きをしています。四十をすぎても独り身です。そういう女ですけど、人を殺《あや》めまでして生きようなんて、考えたことなんか……」

京子は口をゆがめると、足元の小石を蹴った。自分の運の悪さに腹を立てているようだった。

上条と矢島は、旅館の帳場で四月二十日に佐野京子が通常どおり勤務していたかを確かめた。そのあと、あらためて京子に会い、姿勢を正して頭を下げた。彼女は異様なほど光った目で二人の刑事をにらんでから、猿畠の遺体はどこへ葬《ほうむ》られたのかときいた。

4

有馬信三は、いつものように昼食をすませると作業場の隅の椅子にすわって、雑誌などを読んだり、眠気がさしてくれば目を瞑っている。一時間ばかりすると清春が入ってくるが、きょうは建具の寸法をとりに外出している。信三は節のある杉板を削るために鉋を研ぎ直していた。杉の節は固いので、鉋の刃がこぼれることがある。

三十分ほど前に幸帆の泣き声をきいたが、七恵が抱き上げたのか声はきこえなくなった。七恵は二歳の幸帆になにか話し掛けているようだ。

信三は、いまだに七恵の身の上を知らない。初めは、七恵には勤め人の夫がいて、夫は遠方へ赴任でもしているのだろうと想像していたのだが、その想像はあたっていなかった。それで七恵は離婚したにちがいないとみるようになった。

信三が坪倉家具店で働くようになって一年半ほどがすぎた。鈴子も彼の気ごころを知ったろうから、七恵の身の上に関する話をするにちがいないと思っている。

彼は杉板の節に水をふくませながら削っていたが、ふと、四月二十日の夜のことを思い出した。志賀之山酒造の酒蔵落成祝賀会の手伝いにいって、下働きをしている鈴子と七恵の姿を見たからだ。

鈴子は炊事場で同年輩の女性と話しながら手を動かしていた。七恵は、祝賀会場から下げられてくる食器を洗ったり、空になったビールびんを箱に入れたりしていた。

信三は会場で、空になったビールびんや銚子や食器などを洗い場へ運んだりしていたが、七恵の姿がなんとなく気になった。おぶっていた幸帆が眠ったので、二階へ寝かしていたようだった。七恵は会場から運ばれてきた空きびんなどを片付けながら何度も祝賀会場をのぞきにいった。会場の隅に立って、だれかをさがすように首をまわし背伸びもした。宴会の裏方をつとめながら身動きがどこか不自然だった。

会場には知っている人が招かれていただろう。そのなかのだれかの姿を目で追っていたのではないか。もしかしたら別れた人が出席しているかもしれないと思い、人混みのなかへ視線を通していたような気もした。

信三は七恵とじっくり会話をしたことがない。朝出勤したさい挨拶をする。それきり顔を合わせない日もあった。

毎日、午後三時には休憩をとる。お茶を飲み、おやきや大福餅、ときには煎餅《せんべい》が出る。鈴子が不在の日は、七恵が、「三時ですよ」と作業場へ声を掛ける。彼女の腰に幸帆がからみついている日もあれば、昼寝中なのかいない日もある。

七恵は、清春と信三にお茶を出すと姿を消す。幸帆の手をひいて外へ出てゆくこともある。

清春と信三の休憩時間は三十分ぐらいだ。その場に七恵がいたことはない。彼女は信三からものをきかれるのが嫌なのではないかと勘繰るようになった。

清春は、信三と二人きりになるとよく昔話をする。主に修業時代を思い出して語る。

「おれは不器用だったんで、師匠によく叱られた。鉋や鑿をうまく研ぐことができなかった。研いでいるあいだに手を切って、また叱られたもんだ。おまえは器用だで、上達が速い。……きょうは檜で組子《くみこ》を削ってみろ。鉋をよく研いで、薄く削るんだ。障子の組子が満足に仕上がるようになったら、一人前だ」

清春にそういわれて作業場へ入ると、七恵は幸帆と手をつないで外から帰ってきた。その二人をガラス越しに見ていた清春が、突然思いがけないことを口にした。

「おまえは、終戦のとき、何歳だった」

「二十歳でした」

「米軍の空襲に遭ったことは……」

「福岡の親戚の家にいましたけど、四、五回、三キロぐらいはなれている街が爆撃されて、燃えているのを見たことがあります」

「親戚の家は、農家だったのか」

「農機具をつくっている小さな工場でした。……おやじさんは急になにかを思い出したんですね」

「そう。一度だけ、空襲に遭った」

「この小布施にも爆弾が……」

「いや。どうしてもいかなきゃならん用事ができて、東京へいっとったんだ。空襲だっていわれて防空壕《ごう》へ飛び込んだ。田舎者のおれは、爆弾は二つか三つ抱えてきた飛行機が落とすものと思っとったら、なんと焼夷弾《しょういだん》を雨のように降らせた。アメリカの飛行機は空が黒くなるほど次から次へと飛んできて……。ものすごい音がして隠れていた防空壕の周りも燃えはじめたのに、一本のヒマワリが笑うように咲いとった」

清春はガラス越しに外を見ながらいうと、それきり口を閉じてしまった。なぜ急に空襲を思い出したのかを、信三はきけなかった。

清春は、寒気でも覚えたのか、顔をぶるっと振ってから鉋を手にした。


「こんにちは。お邪魔します」

信三が障子の組子を削りはじめたところへ男の太い声がして、作業場へ男が二人入ってきた。須坂署の刑事だった。

「忙しそうですね」

四十代半ばの上条という刑事がいって、作業場のなかを見まわすように首を動かした。

清春は、「ご苦労さまです」といって、二人に小さな椅子をすすめた。

「ほう、細かい仕事をしているようですね」

上条は、組子を削っている信三のほうへ首を伸ばした。四角ばった顔は赤黒い。酒が強そうな顔だ。

三十代半ばの矢島刑事は、床に置いてある光った鋸を手に取って見ている。

「新築の家の障子を十本請けているもんで」

清春は鉋屑が散っている床にあぐらをかいて、タバコに火を点けた。

「くどいようだが、志賀之山の祝賀会の日のことを、また少しばかりきかせてください」

上条もポケットからタバコを取り出した。矢島はノートを出し、二、三ページめくった。

「どうぞ、なんでも」

「三ツ木冬乃の歌がはじまったとき、坪倉さんはどこにいましたか」

「私は宴会場の東側の壁ぎわの椅子に腰掛けて、運送店の木下良正《よしまさ》さんと話していました。そこへ味噌屋の安西さんがきたとき、冬乃の歌がはじまったんです。久しぶりに冬乃を見て、ヒット曲に恵まれると、ああも変わるものかと、三人で冬乃をほめていました」

「そのころに、会場の裏のほうでは事件が起きていた」

「そうでしたね。祝賀会だったのに縁起の悪い」

「坪倉さんは、殺された猿畠武継さんをご存じでしたか」

「一月か二月ごろでしたか、志賀之山で私は北沢のおやじと打ち合わせをしていました。そこへ猿畠がきて、資材についておやじになにかきいていました。そのとき初めて会ったのだと思います。私は話をしたことはありません」

鈴子がお茶を運んできた。

上条は鈴子にも、猿畠武継を知っていたかを尋ねた。

「知りませんでした」

「志賀之山の祝賀会では裏方を手伝っていたそうですから、炊事場にいたあなたは、猿畠さんを見ていたと思う」

「見ていたかもしれないけど、憶えていません」

鈴子が白い板の上にお茶を置いて膝を立てたとき、奥の部屋で幸帆が七恵を呼んだ。

「小さいお子さんがいるんですか」

上条は奥を見る目をした。

「孫です」

清春がいった。

「こちらにはたしか、娘さんが一人おいででしたね」

上条は、坪倉家の家族構成を知っているようないいかたをした。

「はい。七恵という娘が……」

清春が答えた。鈴子は盆を胸にあてて作業場を出ていった。

「小さいお子さんがいるのは、知らなかった」

上条は、七恵の子どもに関心を持ったようだった。

「ひとつ事件が起きると、いろんなことが分かるもんです」

上条は、床の鉋屑を手にして、ひらひらと揺らし、意味深長ないいかたをした。

「なにが分かったんですか」

清春がきいた。

「三年前のことですがね。猿畠は傷害事件を起こしていたんです。その事件のことがいまごろになって分かったんです」

「というと、人を傷付けた……」

「運送店に勤めていた男と喧嘩《けんか》して、その男の腕を折ったんです」

「腕を折ったとは……。酒でも飲んでいたんですか」

「運送店の男は、猿畠を強請《ゆす》っていたんです」

「強請っていたとは。……猿畠にはなにか弱味でもあったんですか」

「ある家をのぞいていたらしい」

「のぞいていたというと、空き巣でもはたらこうとしていた……」

「そうだったのかも。運送店の男はその猿畠を目撃したので、黙っていてやるから金を工面しろっていったらしい」

二人は酒を飲んでいた。いい合いをしているうちに声が高くなって、飲み屋の外に出てついには取っ組み合いの喧嘩になり、猿畠は相手に怪我をさせた。腕を折られて動けなくなった運送店の男は、医院へ運ばれて手当てを受けた。その治療費を猿畠が支払ったということらしい。その事件があって、男は運送店をクビになった。

「猿畠というのは、素行のよくない男だったんですね」

清春がいうと、

「銘木店では評判のいい人間なんです。からだは丈夫で、欠勤はほとんどないし、同僚と揉めごとを起こしたこともないといわれていました」

と、上条はいってから、作業場のなかになにかをさがすようにあらためて見まわした。

5

三年前まで小布施の木下運送店に勤めていたが、酒を飲んでいるうちに猿畠武継といい合いになり、ついには飲み屋の外に出て取っ組み合い、怪我を負わされた男の所在を須坂署がつかんだ。その男は志村太一郎《しむらたいちろう》といって三十二歳。

上条と矢島が志村に会いにいくと、彼はくわえタバコでトラックの車輪を洗っていた。わりに背が高く、顎に鬚《ひげ》をつくっていた。

「小布施で不幸な目に遭った猿畠武継さんと喧嘩したときのことをききたいんだ」

上条がいうと、

「そんな前のことを」

といって、タバコを揉み消した。

「そんな前じゃない。わずか三年前のことだ」

「いまごろ、なにをききたいんですか」

「猿畠さんが、殺されたことは知ってるね」

「ええ。ラジオできききました」

「あんたが、殺《や》ったのか」

「刑事さん、冗談はやめてください。私はあいつに腕を折られたけど、殺そうなんて思ったことはありません。私がよけいなことをいったんで、あいつは怒ったんです。あいつはおれに、『ご免な』って謝りました」

「あんたは猿畠さんを強請ってたんだろ」

「あいつが、妙なことをしてたから」

「妙なって、どんなことをしてたんだ」

「他人《よそ》の家の勝手口をのぞいたり、物音をきくみたいに耳を寄せてたんです。私はあいつのその格好を二回見たんで、空き巣をはたらくつもりかって脅したんです」

「脅しただけじゃないだろ」

「まあ、ちょっとね」

志村は小ズルそうな顔をして首をすくめた。

「猿畠さんがのぞいていたのは、なんていう家だった」

「小布施の坪倉家具店の勝手口」

「二回とも同じ家をか」

「そう、同じ家です」

「あんたは、坪倉さんの家族構成を知っていたか」

「知りません。関係のない家ですから」

その後勤めた別の運送店の事務所で、四月二十日の志村の勤務状況をきいた。

その日の志村は、長野市内で出た家屋の廃材をトラックに積んで、松本市の銭湯へ運んだ。会社へもどってきたのは午後七時半ごろだった。それから車を洗って、まかないの夕飯を二、三人の同僚と一緒に食べて寮へ帰ったことが分かった。

須坂署へもどった上条と矢島を、ある情報が待っていた。

まるで葛飾北斎を真似たように絵を描きつづけていた男が、小布施にはいた。古屋敷圭《ふるやしきけい》介《すけ》といって四十前だが、髪に白いものがまじって五十の坂を越えているように老けていた。

志賀之山酒造の祝宴の翌日、つまり四月二十一日の朝七時半ごろ、重たそうなバッグを提げて小布施駅へ入っていく古屋敷を見た人がいた。鍔《つば》のある黒い帽子をかぶっていて、その帽子には桜の花びらがいくつものっていたという。

彼は前日の祝賀会に招かれていた一人だった。会場で志賀之山酒造会長の大杉光彦《みつひこ》と小布施町長の岩間茂秋《いわましげあき》と舞台の横の椅子に腰掛けて談笑していたのを、出席者も、酒や食べ物を運んでいた何人もが見ている。

彼は、大杉家の家作である一軒屋を借りて住み、縁側が鉤《かぎ》の手についている六畳間をアトリエにしていた。好天の日の彼は縁側に腰掛けて、柿の木を見上げたり、枝にとまる小鳥を眺めたりし、気が向くと食事を忘れたように何時間も絵筆をにぎっていた。

彼は、犬も猫も、山に棲《す》む熊も鹿も描いたが、得意は風景だった。山や海や湖へも写生に出掛けていた。好んで描くのは、荒れる海と転覆しそうな船であった。白い波濤《はとう》に嚙みつかれて舳先《へさき》を天に向けている船の絵を何点も描いていた。荒れ模様が好きらしく、犬も猫も熊も鋭く目を光らせて牙を剝《む》いている。なかでも地獄絵を描いたことで、小布施では知られる存在になった。穏やかな社寺の庭に咲く桜や、秋陽を浴びているコスモスや黄金色の波の稲田などには興味がないようだ。

古屋敷は、人にきかれて、それまで歩いてきた人生を振り返って語ったことがある。生まれたところは、長野県下伊那郡生田村《しもいなぐんいくたむら》。赤石《あかいし》山脈山麓の丘上平地で天竜川《てんりゅうがわ》を見下ろす集落だった。三十戸ほどの民家が田畑のなかに散らばっていたが、九十パーセントの家が「林《はやし》」という姓だった。自分の家だけが古屋敷姓だったので、この集落に初めて住みついた家だったのではないかと、彼は勝手な想像をしていた。

彼には二歳ちがいの兄と三歳下の妹がいた。兄は小学生のときから父の農作業を手伝っていた。彼は田畑の仕事を手伝うのが嫌いだった。学校の帰りには小川の土手にすわって、澄んだ水のなかを泳いでいる小魚や蟹《かに》の動きを眺め、気候のよい好天の日は草の上に大の字になって、流れていく雲を見ていた。夏の白い雲は動物の格好をしていた。そこへ灰色の雲が重なると雨になった。

小学四年生の夏、彼はいつものように川の土手の草のなかから、もくもくとふくらむ白い雲を見上げていた。すると小川の対岸を十人ぐらいが列をつくって歩いていた。列の中央部の何人かはなにかを担いでいた。彼は草のなかから起き上がった。人の列は橋を渡ってきた。その人たちは戸板に手を掛けていた。彼は急に寒気を覚えたが人の列に近寄った。並んでいる人も戸板に手を掛けている人も足をとめた。戸板に寝かされている蒼《あお》い顔は妹だった。夕飯のおかずにする沢蟹を獲《と》っていたが、めまいを起こしたのか川のなかへ倒れ、そこで息を引き取ったらしいことをあとで人の話で知った。彼は夏の陽の下で、ものをいわなくなった妹を見下ろして、さめざめと泣いた。

彼はその日から川の土手で空を仰がなくなった。

彼は小学校高等科を卒業すると、天竜川を渡ったところの製材所へ就職した。母の話だと圭介は勉強がよくできたので、上の学校へ進むといいと先生がすすめたという。だが両親には上の学校へあげさせる資力がなかったことから、製材所へ住み込みで就職させた。その前に兄は、父とともに農作業に就いていた。

製材所へはトラックで丸太が運ばれてくる。トビという長い柄のついた道具で、山のように積まれた丸太を回転させながら、大型の鋸が音を立てて回転している製材部署へ運んでいた。丸太のあいだに足をはさまれたことは数えきれない。雨の日は丸太が滑る。丸太の山の上から滑り落ちて、何度も腰を打った。

製材所には彼のほかに三十代の住み込みが二人いた。その二人は毎晩、酒を飲み、花札をやっていた。彼も花札を憶え、わずかだが金を賭けるようになった。

十七歳になった。真夏の賃金をもらった次の日の早朝、置手紙をして家出した。暗いうちに寮を出て、伊那《いな》大島《おおしま》から辰野《たつの》行きの電車に乗った。だれかが追いかけてくるような気がして、落着けなかった。

辰野からは新宿行きの列車に乗った。黙っていなくなったのだから、製材所では悪口をいわれていそうな気がした。

彼は雑誌を一冊持っていた。表紙の写真は人気女優である。彼はその雑誌を読みつくした。

新宿に着いた。人の多さに圧倒された。踏み潰されそうな気がして、壁を伝って歩き、駅員に大船《おおふな》への行きかたをきいた。

大船に着くと、駅の近くでパンを二つ買い、一つを学校のフェンスに寄りかかって食べた。

旅館を見つけて入った。帳場の人に、『独りか』ときかれた。女の人に二階の部屋へ案内された。

大船撮影所の場所をきくと、紙に地図を描いてくれた。夜だったが撮影所を見にいった。鉄格子の門は閉まっていて、そのなかに守衛所が見えた。だれもいなかった。だれもいない門を見ているうちに電灯が消えた。

旅館へもどり、リュックからパンを取り出そうとした。が、旅館へ入る前に入れておいたパンがなくなっていた。旅館の人に盗まれたのを知って、身震いした。恐いところへきたのだと思った。

部屋の隅にたたまれていた布団を伸ばして仰向けになった。五分もしないうちに蚊の襲撃に遭った。追っても追っても蚊は出ている皮膚に槍を刺した。

彼は、父と母を思い出した。彼がいなくなったことは家族に伝えられただろう。両親と兄は、『圭介はここへくるにちがいない』と話して、灯《あか》りを消さずにいるような気がした。彼は布団の上へ正座して、信州の伊那を向いて手を合わせた。

次の朝、帳場の男に食事は出ないのかときくと、『うちは素泊まりだから』といわれた。リュックを背負って撮影所へいった。門が開いていて車が入っていった。門衛が彼を見かけて近寄ってきた。なにをしている、だれかを待っているのかときかれた。

ここで働けないか、と彼は門衛にきいた。門衛は同僚を手招きして、彼のいっていることを伝えた。

二人の門衛は話し合っていたが、一人が奥のほうへ走っていった。圭介は一人の門衛にどこからきたのかなどをきかれていたが、彼はめまいを覚えてうずくまった。あとで分かったことだが、前夜も朝も、なにも食べていなかったので貧血を起こしたのだった。

気が付いたとき彼は薄い布団の上に寝ていた。枕元には水が入ったやかんが置かれていた。ふすまの向こうからは何人もの話し声がきこえた。

ふすまを開けると髭を生やした男が、『おお、気が付いたか。おまえ長いことなんにも食っていなかったんだろ』といって、固いパンをくれた。彼はむせて咳をしながらパンを食べ水を飲んだ。

『仕事をさがしているらしいが、どこからきたんだ』

髭の男がきいた。

『長野県の下伊那郡というところです』

『伊那か。赤石山脈と木曽山脈にはさまれたところだな。映画の撮影で天竜川沿いの村へいったことがある。農家の人が、干し柿を差し入れしてくれた。穏やかないい土地だったな』

髭の男は俳優だということが分かった。圭介も俳優になりたかった。

門衛がやってきて、美術の監督に会えといわれて、作業場のようなところへ連れていかれた。美術とはなにをするところなのかは知らなかったが、入っていくと柱や障子を組み立てたり、卓袱台の脚を直したりしている人たちがいて、物を叩いたり、鉋で削ったりする音がしていた。奥のほうでは女の人が案山子《かかし》をつくっていた。古ぼけた帽子をかぶってタバコをくわえている大柄な男が美術監督だった。

なにをやれるかを圭介はきかれた。

彼は首を横に振って黙っていた。

「あんたはいくつなんだ」

「十七です」

「高校を中退したのか」

「高校へはいっていません。小学校の高等科を卒業して、製材所で働いていました」

「丸太と格闘していただけか。じゃ、特別な技術は身につけていないな。……どうしてこの撮影所を知ったんだ」

「雑誌に出ていたので……」

「俳優になりたかったんじゃないのか」

「俳優に憧れました」

「俳優は、だれに……」

「嵐寛寿郎《あらしかんじゆうろう》と阪東妻三郎《ばんどうつまさぶろう》です」

「いずれも時代劇の役者だ。映画をよく観《み》たのか」

「二度観ただけです」

「なにか悪いことをして、逃げてきたんじゃないだろうな」

「悪いことなんかはしていません」

「そうか。ここで働きたいんだな」

圭介は顎を強く引いた。

美術監督は圭介をあらためてひとにらみすると、べつの建物へ連れていき、床にあぐらをかいて木を削っている男に、

「この坊主になにかやらせてくれ。使いものにならなかったら、放り出してもいいぞ」

といって、さっさと出ていってしまった。

木を削っていた男は高梨《たかなし》という名だと自己紹介して、彫刻家だといった。圭介にはそれ

がどういう仕事をする人なのか見当もつかなかった。

彫刻家だと名乗った高梨は三十代半ばに見えた。タバコに火をつけると、「そこへすわれ」と木屑が散っている床を指差した。彼は後ろを向くと茶色に塗った丸い物を手に取って床に置き、

「なんだか分かるか」

ときいた。それはぶよぶよっとしているようで、気味の悪い色とかたちをしていた。じっと見ているうちに、学校で見たことのある図鑑を思い出し、

「内臓じゃないでしょうか」

と答えた。

「そうだ。人間の肝臓だ。私はこういうものを作っている。本物そっくりに見えるように作っているんだ。これから心臓も腎臓も作らなくちゃならない」

圭介に、手伝いをさせるがいいかときいた。

圭介は一瞬、背中が寒くなったが、「はい」と答えた。

高梨に最初に与えられたのは、檜の角材を彼にいわれた長さに鋸で切る仕事だった。切った角材の角を鑿で削り落とす。大きく落とすところは玄能《げんのう》を使う。そのあと角に丸みをつけていく。彼の作業を見ていた高梨は、「あんた器用だね。いままでやったことがあるのか」ときいた。圭介は初めてやる仕事だと答えた。

第三章　赤い闇

1

高梨善市《ぜんいち》は、撮影に使用する内臓の模型を作っているだけではなかった。美術監督からあれを作れこれを削れといわれていないときは、絵を描いていた。自分でこしらえたイーゼルを担いで見晴らしのいい丘の上や、海辺で、沖をゆく白い船などを描いていた。その写生に圭介はついていくこともあった。海を眺めている高梨に、絵を学んだことがあったのかと圭介がきいた。すると高梨は、

「私は美術学校で絵を学んだ。将来は画家になりたくて」

といった。

休みの日に圭介は高梨に自宅へ招ばれた。鎌倉《かまくら》市内の小高い山のなかの二階建ての一軒屋で、二年ほど前に亡くなった映画監督の自宅だったという。その監督の名をいわれたが、

圭介は知らなかった。

奥さんがいて、「いらっしゃい」と笑顔を向けた。高梨よりもずっと若い人だった。色白できれいで女優のように見えた。彼女は圭介に、

「コーヒーと紅茶とどっちがお好きですか」

ときいた。彼は紅茶の味を知らなかったので、コーヒーと答えた。

彼は応接間へ招かれた。ゆったりとしたソファの中央のテーブルは赤黒く、顔が映るくらい光っていた。

壁には、青い海原と白い船と白い雲が描かれた絵が飾られていた。高梨が描いた絵かときくと、亡くなった監督が遺したもので、大家《たいか》といわれている画家の作品だといわれた。高梨はその画家の名をいったが、圭介は知らなかった。

奥さんは、白地に緑の小花を散らしたカップにコーヒーを注いだ。圭介はそれまでコーヒーを一度しか飲んだことがなかった。

圭介は壁の絵をあらためて見ながら、絵を描いてみたいと高梨にいった。

「小学校で、写生なんかをしたことがあっただろ」

「ありました。写生した絵に、教室でクレヨンで色を塗りました」

彼は八年間通った小学校を思い出した。校庭は広くてまわりには背の高い草が生えていた。春の風の強い日には、黄色の砂埃《すなぼこり》が舞い上がって、外の風景が見えなかった。

学校を思い出すと当然だが、両親と兄の顔や姿が目に映った。父は圭介の行方をさがす方法を考えたり、人に相談したような気がする。もしかしたら警察官に相談を持ちかけたかもしれなかった。

家族と故郷を思い出すと、歩いていても足がとまるのだった。食事中は箸を置いた。母は寝込んでしまったのではと想像した日もあった。妹が死んだとき、母は何日間かろくに物を食べず、仏壇に向かって手を合わせ、『ごめんね、ごめんね』と謝っていた。圭介は、その母にだけは、元気で働いていることを知らせたかった。

大船撮影所で働きはじめて二年あまり経ったとき、「間もなく二十歳になる」と書いた手紙を実家へ送った。住んでいるところも、撮影所にいることも書かなかった。親しい人の指導を受けて絵を描いていることだけは書いた。母は仰天したにちがいない。きっとその手紙を何度も読み返していることだろうと思った。

彼は高梨の仕事を手伝うこともあったが、主に大道具の仕事をやらされた。撮影のためのセットづくりである。時代劇の長屋づくりが面白くなった。黒く塗った柱を立てて障子をはめる。障子はところどころが破れている。台所には鉄鍋が置いてあり、それの横に水を張った桶《おけ》が、といった具合だ。一度は俳優のだれかが真っ黒い猫を拾ってきた。丈の短い着物を着た職人男が猫を抱いているところを撮った。

その猫は野放しなのだが、撮影所が気に入ったらしく住みついていた。雄で「ゴロー」

と名付けられて、時代劇にも現代ものにも、ちょい役で出演していた。圭介は、撮影所の隅の六畳一間の家に住んでいたが、その家も部屋も撮影に使われることがしばしばあった。ゴローは圭介を飼い主と思っているのか、彼が仕事場へ出勤すると後ろを追ってくるし、餌をねだっていた。そのゴローが五年経ったころ姿を消した。高梨は、死んだにちがいない、といっていた。

圭介は二十四歳になった。故郷を捨ててきて七年がすぎていた。その年の秋口から大部屋女優で圭介より一歳上の市村加代子《いちむらかよこ》と同棲をはじめた。

彼女は女優を諦めて縫製工場へ就職した。日曜に二人で、住むところをさがした。それまで圭介が暮らしていた六畳一間の家から出ることにしたのだった。

鎌倉市内で小ぢんまりした空き家を見つけ、そこを借りることにした。二部屋に台所の造りだったが、圭介の目には広く見えた。

彼は毎朝、弁当を持って、撮影所へ、加代子は縫製工場へ出勤した。

加代子は妊娠した。それを圭介に告げた五、六日後、

「あなたは、どこに住民登録しているの」

ときいた。

彼は約七年のあいだ、大船に住んでいたが、住民登録が必要なことが一度もなかったことに気が付いた。

彼は市役所の職員に相談して、鎌倉市に住民登録の手続きをした。

加代子は二十六歳で女の子を産んだ。彼女の希望で、麻のように高く伸びるようにと希《ねが》って麻生子《まおこ》と名付けた。

子どもは丈夫そうだったが、加代子は体調がすぐれず、縫製工場勤めを辞めた。麻生子に飲ませる乳がよく出なかった。乳は出ないが麻生子は母の小さい乳をくわえて眠っていた。

加代子は痩せた。圭介を撮影所へ送り出すと床に伏せているようだった。

九月末、台風が去って空がからりと晴れた日、セットづくりに追われていた圭介は門衛に手招きされた。面会の人が訪れているといわれた。なんという人かときくと、

「あなたと同じ古屋敷さんという方です」

それをきいた瞬間、父か兄だろうと思った。その想像はあたっていて、守衛所の椅子に腰掛けていたのは、着馴れないスーツ姿の兄だった。立ち上がった兄は目をうるませた。

圭介は、「申し訳なかった」といって頭を下げた。

「結婚したんだな」

「ああ。子どもも生まれた」

兄はいった。

「さっき会ってきたが、一緒になった人は、からだが弱そうだが」

「お産のあと、元気がない。……お父《とう》とお母《かあ》は……」

「二人とも丈夫だ。……おまえは一度、田舎へ帰って、お父とお母に謝ってくれ。お母は、おまえの名を口にしない日は一日もないんだぞ。川の岸に立って、おまえの名を大声で呼んどった日もあった」

兄も結婚して、男の子が二人いるといった。

圭介は、兄と一緒に故郷へ両親に会いにいくことにした。それを高梨に話し、じつは十七歳のときに、勤め先を無断で飛び出してきたのだと、撮影所を訪ねるまでのことも話した。

「伊那へいったら、両親と何日か一緒にいるといい。それから今日までの暮らし向きも話すことだ。それをきいたお母さんは安心すると思うよ。……奥さんが元気だったら、一緒に行けたのにな。孫の顔を見せてあげられたのに」

高梨は、撮影所の事務職員にいいつけて、鎌倉の有名な菓子店のおかきを買ってこさせた。圭介の実家への手みやげだった。

次の日、兄と二人で列車に乗って、伊那へ向かった。八年ぶりに故郷の土を踏み、両親に会う。十七歳で勤め先から行方不明になった。そんなことをした者は、生まれた村にはいなかったのではないか。そう思うと、村人と顔を合わせるのが恥ずかしかった。

陽が沈みかけたころ田圃《たんぼ》と桑畑の向こうに実家が見えた。十四歳まで暮らした家である。その家に近づくと繕った跡のある絣《かすり》の着物の人がうずくまって、家の前を流れる小川で洗いものをしていた。その人の背中は小川に飛び込もうとしているようにまるかった。兄と圭介が近づくと首をまわし、腰に手をあてて立ち上がった。母だった。母は唇を嚙んだ。瞳が光った。両手を前に出すと、圭介の胸ぐらをつかんで前後にゆすった。

陽焼け顔の男が鍬《くわ》をかついで畑から出てきた。父だった。痩せていた。彼は圭介に五、六メートル近づいて足をとめた。そして圭介の全身をあらためるように見つめた。

圭介は、父と母に向かって黙って頭を下げた。

「年兼《としかね》がいかなんだら、おまえは帰ってこなんだ」

年兼は兄である。父のいうとおりだったので、圭介はもう一度頭を下げた。

その夜、三人は囲炉裏端で密造酒を飲んだ。両親にどんな職業に就いているかをきかれた。

映画撮影のセットづくりといって、ほとんど大工のような仕事だと話し、合間に絵を描いていると話した。

「絵とは、どんな……」

父がきいた。近くには景色のいい場所があるので、海の風景や神社や寺院も描いているといった。

兄の二人の息子は丸坊主の頭を動かしながら、圭介を見ていた。

「絵描きにでもなるつもりじゃないのか」

「なれればいいなと思って、描いている」

「生きてるうちは食っていけんぞ。女房や子どものことを考えて、稼げる仕事をすることだ」

加代子のことが心配だったので、圭介は一泊しただけでもどることにした。

母は、柿を五つ布袋に入れてくれた。彼女は小川の岸に立って、圭介の姿が見えなくなるまで見送っていた。

今度は、妻と子どもを連れてくる、と母に約束した。が、果たせなかった。加代子は十二月の風の強い日の朝、「麻生子を抱かせて」といった。そっと胸へ押しつけてやった。すると、「重たい」とかすかな声でいった。それが彼女の最後の言葉だった。急変を知って招《よ》んだ医師に脈をとられて、事切れた。

2

圭介は、麻生子をおぶって撮影所へ出勤した。大道具をつくる仕事場の隅へ彼女を寝かせておいた。仕事のない大部屋の女優たちが代わるがわるやってきて、麻生子を抱き、なかには乳が出るはずのない乳首をくわえさせている女《ひと》もいたし、一日中おぶっている女もいた。

撮影所からは男が毎日、一人二人と消えていった。兵隊にとられたのだった。圭介にも召集令状が届きそうで、気が気でなかった。女が竹槍を手にして、上陸してきた敵兵を突き殺す訓練をしている日、戦争が終った。

終戦の一年後、横浜のデパートが有名、無名を問わず絵画の展示即売会を催した。それを知った圭介は、海の風景と鎌倉の寺を描いた五点を展示してもらった。彼の絵は四点売れた。数日後、売れ残った一点を東京・銀座《ぎんざ》の画商がきて買い上げてくれ、ほかの絵が完成したら見せてくれといわれた。

展示即売会で四点売れたことも、自宅へ持ち帰った一点が売れたことも、高梨には話さなかった。その会に高梨は二点の風景画を出していたが買い手はつかなかった。

麻生子が小学校へ入学する年になり、急に背が伸びた。そこへかつて大部屋女優だった桐島朝子《きりしまあさこ》が圭介を訪ねてきた。顔の造りはいいが、表情に変化の乏しい人だった。

「わたし結婚したんだけど、子どもができないからだなの。それで……」

彼女のいいたいことの見当が圭介にはついた。彼女は大部屋にいたころから麻生子を抱いたり、おぶっていたのだった。麻生子が彼女の家へ遊びにいったことは一再ではなかった。

「わたしでよかったら、麻生子ちゃんを育てさせてくれない」

圭介は一週間、考えることにした。そのころ好きな女性はいなかったが、もしも一緒に住みたいという女性と出会ったとき、学齢の女の子を抱えているのを知ったら、「考え直す」といって去っていかれそうな気がした。

彼は麻生子を正面へすわらせた。

「朝子さんが、おまえと一緒に住みたいといっているんだが……」

と、表情をうかがった。

「お父さんは、わたしがいないほうがいいの」

麻生子のおとなびた質問に圭介はたじろいだ。

「いたほうがいいに決まってるじゃないか。ほんとの親子なんだから」

彼は六歳のわが子の前でうろたえているようないいかたをした。

麻生子は返事をせず、上目で圭介をにらんでから、自分の部屋へ引き揚げた。
三、四十分ぐらいが経った。麻生子は泣いているのではないかと思い、そっとふすまを開けてみた。彼女は上を向いて眠っているようだった。自分よりも娘のほうが、胆《きも》が据わっていそうにみえた。
一週間がすぎた。その日も朝食は麻生子と一緒だった。日曜日だったが圭介には仕事があったので撮影所へ出勤した。

夕方、帰宅すると麻生子がいなかった。夜中近くなったが彼女は帰ってこない。圭介は胸騒ぎを覚えて、朝子の家を訪ねた。

彼女は風呂を浴びたらしく赤い顔をしていた。

「麻生ちゃんなら、寝てますよ」

といわれた。

その日から麻生子は圭介のもとへもどってこなかった。

彼は胸に空洞が生じた思いがした。諸手《もろて》を失ったように仕事が手につかなかった。

そっと朝子の家をのぞきにいった。麻生子は縁側を向いた小さな机に向かって、エンピツを動かしていた。入学式の日が近づいている。麻生子と手をつないで学校の門をくぐるのを想像していたが、それはできないような気がした。

麻生子を呼びもどそうかと考えていたところへ、彼の胸の裡《うち》を読んだように朝子がやってきた。

「あなたは麻生ちゃんのほんとうのお父さんだけど、わたしとは他人。そういう二人が入学式にそろっていくのはヘンでしょ。なのでわたしだけがいきます。……それから、名字を変えるので市役所へいってきます。入学してから変えると厄介ですからね。古屋敷麻生子なんて、時代劇にでも出てきそうな名。板谷《いたや》麻生子のほうがスマートでしょ」

彼女は、じつの姉のようないいかたをした。

彼が呆気《あつけ》にとられているうち彼女は帰ってしまった。

姓を変える――彼は麻生子と永遠の別れをするような気がし、胸のなかを寒い風が通り抜けた。麻生子は板谷という家へもらわれていった。たとえ会うことがあっても、名を呼び捨てにはできないような気もした。

朝子は、自動車の販売会社社員の夫と一緒に入学式にいくのではないか。夫婦が麻生子をはさんで記念写真におさまるような想像も湧いた。

入学式のあと、三人でレストランへでもいきそうだ。そこで朝子は、『なにを食べようか』と麻生子にきくだろう。彼女の夫は、目を細めて麻生子を見ているにちがいない。

圭介は、はっと気付いて目を開けた。麻生子は朝子を『お母さん』と呼び、夫を『お父さん』と呼んでいそうだ。彼は重大な過ちを犯した気がして頭を抱えた。

圭介は新聞で葛飾北斎の絵に関する記事を読むと、大浮世絵師の作品をじっくり鑑賞したくなった。記事によると晩年の北斎は何度も信州小布施を訪ねていた。そこには豪商の高井鴻山という人がいたからで、北斎は小布施を訪ねては、かずかずの作品を遺《のこ》しているのを知った。それは鴻山の後押しがあったからにちがいなかった。

圭介は当時の小布施村へ出掛けた。長野経由だったので、善光寺を参拝した。参道の両側には旅館やみやげ物店や食堂などがずらりと並んでいて、ずっと前に参詣した人からそのにぎわいをきいていたが、実際はそれ以上であった。

参道右手の六地蔵が目をひいた。右から地蔵界、餓鬼界、畜生界、修羅界、人界、天界を指していた。

彼は階段を踏んで本堂で手を合わせた。小布施で北斎の作品を拝むことができるようにと祈り、板谷姓になった麻生子の健康を祈願した。

小布施へ着いたのは日暮れどきだった。黒板塀の民家が並んでいた。どの家にも灯《あか》りは点いていたが、息を殺しているように静まり返っていて近寄りがたい雰囲気があった。

小さな旅館を見つけた。地味な和服の女性が部屋へ案内して、宿帳を彼の前へ出した。彼女はお茶を淹れ、薄く切った羊羹をのせた小皿を置いた。彼はそれをつまんで口に入れた。栗が入っていた。『うまい』思わずいった。それまで硬い表情をしていた女性はにこりとして、『お夕飯の支度ができましたら、声を掛けますので』といって下がった。

夕飯に出されたのは山女《やまめ》の塩焼き。頭も尾も食べた。世のなかにはうまい物がいくらでもあることを知った。なにを食べても、なにを見ても、目の前には麻生子があらわれた。自分だけでは娘を育てられなかったと思いながら他人の手に渡ったわが子が、ただただ恋しかった。

初夏だったがその朝は身が引き締まるように空気が冷たかった。

黒板塀の高井家を訪ねた。縞の着物に黄色の帯を締めた女性が玄関へ出てきた。圭介は恐る恐る名乗ってから、「こちらでは、北斎先生の作品を所蔵なさっているとうかがいましたので、鎌倉から訪ねてまいりました」といった。

「ご遠方から、それはどうも。所蔵しているすべての物をご覧いただくわけにはまいりませんが、一部を」

とその女性はいって、別棟へ案内した。そこには肉筆画がずらりと並べられていた。圭介は手を胸にあてて［中洲八景］［東海道五十三次］の絵に目を近づけた。祭屋台の天井絵を見て二時間近くが経った。さっきの女性がやってきて、

「鴻山の作品もどうぞ」

といわれた。

そこはまた別棟で、鴻山の書斎兼サロンだといわれた。晩年の鴻山は、妖怪を多く描いていたようだと知った。妖怪たちはたわむれているが、どこか品がそなわっていた。

小布施には陣屋敷跡があり、地蔵尊や寺もいくつかあった。西のほうの小高いところに立って東を向いた。何か所かに人家のかたまりがあり川があり、その先が高原だった。高原の上をたなびいていた白い雲が風に流されていくと、北のほうから山があらわれた。日暮れ近くの山は墨を塗ったような色をしていた。高原の上に高い山がいくつも並んだ。圭介は、穏やかな高原と白い雲を引きちぎっている高い山を写生した。

近くで温泉宿を見つけたのでそこへ一泊することにした。ぬるい露天風呂に長いこと浸っていた。ご飯には栗が入っていた。

翌朝、宿の窓を開けた。晴れた空の下に高い山がいくつも並んでいた。宿の人にその山の名をきいた。右手から斑《まだら》尾《お》山《やま》、妙高山《みようこうさん》、黒姫山《くろひめやま》、高妻山《たかつまやま》、飯縄山《いいづなやま》だと教えられた。

鎌倉へもどった圭介は、身辺を片付けた。撮影所で人間の背骨を組み立てていた高梨の前へ膝を折って、「引っ越しすることにしました」といった。

「どこへいくんだ」

「信州の小布施村へいきます」

「小布施。……そこは嘉永二年に九十歳で亡くなった葛飾北斎が何度も訪ねていた土地だ。私も一度はいってみたいと思っている。……北斎は死にぎわになんていったか、知ってるか」

「知りません。辞世の詩《うた》でも……」

「『天我をして十年の命を保たしめば……真正の画工となろう』と」

小布施へは、いついくのだと高梨にきかれたので、あしたにでも、と答えた。

「じゃあ今夜は……」

高梨は指で輪をこしらえた。

圭介は、「あとでお住まいへ」といって板谷朝子に会いにいった。

麻生子は学校へいっていた。

「信州へ。遠くはなれるのね」

「冬は雪が積もるだろうけど、近くに温泉もあって、いいところなんだ」

「そこへいって、なにをするの」

「絵を描こうと思っている」

「絵だけで、やっていけるの」

「ダメだったら、製材所にでも勤めるつもりだ」

「麻生に会っていくんでしょ」

圭介は、「ああ」といってから唇を噛んだ。

彼は、赤い郵便ポストの横に立った。校庭を出てくる麻生子を待っていた。

三十分ほどすると麻生子は同級生らしい、八人の男女と一緒に喋りながら出てきた。女の子のなかではいちばん背が高かった。圭介が買って贈った赤いランドセルには白い布袋がぶら下がっていた。

彼は声を掛けなかった。ポストの陰から小さく手を振って送った。

小布施では、志賀之山酒造を経営している大杉家の家作を借りることができた。

新しい布団に寝たが真夜中に目を覚ました。夢に現れたのは麻生子でなく高梨だった。

夢の中の高梨は酒に酔って、圭介を罵倒した。少しばかり絵が売れたからといっていい気になるな。絵を教えたのはおれじゃないかといって、盃を投げつけた。圭介は何歩も退いて、床に手をついて高梨に謝った。

布団の上にあぐらをかいて、夢を振り返った。高梨に謝る必要はないような気がした。高梨の絵は売れず、自分の絵が売れたので多少肩身のせまい思いはしたが、悪いことをしたのではなかったし、高梨を見下したりはしなかった。彼は彫刻家だ。映画づくりに必要な人間の臓器などをつくっている。彼がつくった臓器は木製でありながらぶよぶよっとしていて薄気味悪い。本物と見紛《みまが》うほどだ。絵を描いてもうまい。ただ、荒れている海なのに物静かだった。白い飛沫が散っているのに肌に痛くなかった。

圭介は大杉家からもらった卓袱台の上へ便箋を置いた。高梨に宛て手紙を書いた。これまでの指導に感謝すると書き、お暇ができましたら小布施へお出掛けください、と書いた。が、これは高いところからものをいっているようで無礼であることに気付いて、書き直した。

圭介は落着くとイーゼルをつくって絵を描いた。小布施の町並みや菓子店を描いた。村役場の職員が圭介のことを知ったといって訪れ、町並みと菓子店を描いた絵を、村を宣伝するパンフレットに使いたいといった。絵を買い上げるのでなく、写真に撮らせてくれといった。その写真には古屋敷圭介の名を載せることにした。

そのパンフレットを見たという人が圭介に会いにきた。長野市の銘木店に勤めている猿畠武継で、描いた絵を見せてくれといった。圭介は鎌倉で描いた三点と、小布施にきて描いた三点を見せた。

猿畠には絵を見る目があるのか、唸ったり、腕を組んだりしていたが、「ありがとうございました」と、姿勢を正していって帰った。絵をほめたわけではなかった。

数日後、猿畠がまたあらわれた。圭介は絵筆を休めた。

圭介より若い猿畠だが、絵を売る気はあるかときかれた。

「絵を買ってくれる人がいないと、私は暮らしていけないので困るんです」

「いい歳をして無計画なんですね。あなたは」

猿畠はずけずけといった。絵の好きな人を知っているので話してみる、といって帰った。

三、四日後に猿畠は初老の男を連れて圭介に会いにきた。初老の男は上林《かんばやし》温泉の旅館の主人だった。

圭介は六点の絵を見せた。旅館の主人は、鎌倉の寺と小布施の菓子店を描いた絵を長いこと見ていたが、いくらで売るのかをきいた。圭介は自分の経歴と画家としては無名であるのを考慮して、妥当と思われる値を提示した。

「いいでしょう。買いましょう」

主人は黒い鞄から札入れを出し、圭介がいった金額を出した。領収書をくれといわれたので、便箋に金額と氏名を書いた。

二点の絵を猿畠が抱えた。まるで主人の秘書のように見えた。

「またお邪魔しますので、新しい絵が出来たら見せてください」

旅館の主人はそういって、猿畠を従えて帰った。

そろそろ夕飯の支度でもと腹に手をあてたところへ、猿畠があらわれた。絵を仲介したリベートを受け取りにきたのだった。銘木店に勤めているのにずる賢い男だとみたが、圭介にとってはありがたい存在だった。

圭介は猿畠を、小布施駅近くの小料理屋へ誘った。

3

圭介は、真夜中に腹這って、エンピツで朝子に手紙を書いた。絵が二点売れた。当分のあいだは暮らしを心配せずにいられそうだと書いた。

その手紙に対してははね返るように朝子の手紙が届いた。細い万年筆で書いたらしい文字は美しく、教養がにじんでいるようだった。それと、圭介への忠告を忘れておらず、風景のみを描くのでなく、人の営みを描くとよいとしてあった。

そういえば北斎は風景だけでなく人の営みを多く描いている。美しい女性の「隅田川《すみだがわ》」

とか「潮来《いたこ》絶句集」とか、「北斎漫画」は人物であった。そして圧巻は「樵《きこり》」ではないか。

小布施に桜の花びらのような小雪がちらつきはじめた日、衣を着た人が傘をさして圭介を訪ねてきた。小布施瑞松院《ずいしょういん》の慈源《じげん》という和尚であった。

「本日は、先生にお願いがあってまいりました」

僧侶は衣の雪を払った。村役場で圭介の住所をきいたのだという。

「お願いというのは絵であります。瑞松院には絵というものが一点もありません。ふすまにも絵は描かれていないのです。それで先生に、わが寺の宝になるような絵を描いていただきたいのですが、いかがでありましょうか」

と、腰に両手をあてていった。

圭介は、僧侶からものを頼まれたのは初めてだった。寺を参拝したのもほんの数回だ。

「お寺の宝とおっしゃられると、どういった絵がふさわしいのでしょうか」

山や川の風景ではなさそうだと思った。

「阿鼻叫喚《あびきょうかん》か無間地獄《むけんじごく》のような図は、いかがでしょうか」

和尚は顔色を変えずにいった。

「えっ、お寺に、地獄の絵……」

圭介は天井を仰いだが、地獄絵というのは魔除《まよ》けのようなものである。地獄へ落ちないために品行よく生きよという戒めだ。

「考えましょう」

と圭介はいって和尚を帰した。

その夜は雪が積もった。雪景色の小布施の町はきれいだった。黒板塀がまだら模様になっていた。

高井家へいって、あらためて北斎の絵を数点見せてもらった。北斎の絵を見ると、自分が縮むような気がする。

雪を踏んで帰りかけた。下駄のあいだに雪が固くはさまり、滑って転んだ。その拍子に瑞松院のために描く絵の構図が浮かんだ。

構図が浮かぶと夜も眠れなくなった。彼は髭も剃《そ》らず、伸びた髪を掻きむしりながら絵筆を動かした。

描いたのは赤い鬼。地上の人間を食うため天から降りてきたのだが、地面には栗の毬《いが》が無数転がっていた。鬼はそれを踏んで足裏の痛さに悲鳴を上げ、天へもどろうとした。が、栗の毬は足の裏からはがれなかった。鬼は耐えられず地面にどっと倒れた。その背中に毬がいくつも食いついた——

圭介は瑞松院を訪ねて和尚に会い、雪の日、転んだ拍子に脳を突き破るように浮かんだ絵の構想を話した。

「面白い。栗の毬という発想がいい」

和尚は、早く描けというふうに圭介を寺から追い出した。

圭介は、ふんどしを締めた鬼を真っ赤にし、栗の毬を大きめに描き、棘《とげ》を鋼《はがね》のように光らせた。そして人間を五人小さく描いた。五人とも眉を八の字にして震えている。

完成した絵を圭介は持参した。包んでいた布を除くと、和尚は腰を抜かしてのけ反《ぞ》った。想像していた以上の出来映えだといって坊守《ぼうもり》を呼んだ。絵を見た彼女は近所の人に声を掛けた。十人ばかりが寄ってきて、絵を見たとたんにわっと口を開けた。

瑞松院のために描いた地獄絵を見たのか、それとも人の話をきいてか、長野の善光寺から三人の僧侶が霞《かすみ》のような色の衣に蒲色《かばいろ》の袈裟《けさ》をして圭介に会いにやってきた。

三人のなかでは最年長の山蝶《さんちょう》という僧侶が、

「先生に地獄を思わせる絵を一点、お願いしたいのですが」

と切り出した。

「みなさんは、地獄をどんなふうに想像なさっておいででしょうか」

圭介は三人の顔にきいた。

山蝶は後ろに控えている二人の表情を見てから、

「雪崩《なだれ》か土砂崩れが発生して人が何人も巻き込まれたが、助けにいけない。巻き込まれた人たちは助けを求めているが、見る見るうちに小さくなっていく……」

圭介はうなずいた。地獄にふさわしい構図を考え付いたら、相談にいくと答えた。

彼は今度は、北斎の絵を見にいかなかった。

醬油で煮た芋を口に入れ、その熱さに目を瞑った。と、ある情景が浮かんだ。食い物がなくて腹をすかした老人が、隣の家の赤ん坊の首をつかんできた。湯が煮えくり返っている鍋のなかへ落とそうとしている図。

彼は画用紙にエンピツでざっと描いて、善光寺へ出掛け、山蝶に会った。

「煮え湯のなかへ赤ん坊。その老人は赤ん坊を……」

といって圭介の顔を凝視し、ぶるっと肩を震わせたが、

「まさに地獄です。それを描いてください」

圭介は参道で、奈良漬けと七味唐がらしを買って帰った。

痩せ細った老人に首をつかまれている赤ん坊の顔が気に入らなくて、何度も描き直した。描きはじめて半月が経って善光寺から依頼された地獄絵が完成した。

湯は煮えくり返って湯玉を飛ばしている。その鍋は黒にした。鍋の下では真っ赤な炎が舌をのぞかせている。赤ん坊はすっ裸だ。男子のしるしは縮んでいる。老人の痩せた腕には何本もの紫色の血管が浮いて皺《しわ》もよっている。老人の上半身は裸だが、鉢巻きは豆絞りの手拭だ。天井の板が一枚はがされて、そこから目玉がこぼれ落ちそうな子どもの顔がの

ぞいている。かまどにかけられた鍋の横には小皿が置かれて、それには塩がひとつまみ盛ってある――

完成した絵を圭介は大風呂敷で包んで善光寺へ持参した。

目だけをきらきら光らせた猿畠が圭介の住まいへやってきた。湯田中温泉の近くに地獄谷温泉があって、そこの露天風呂に野生の猿がやってくる。なかには風呂好きがいて、露天風呂の湯加減をたしかめて湯に浸る猿がいる。それを見にいかないかと圭介は誘われた。

「いきましょう。湯浴《ゆあ》みをする猿を見たい」

猿畠は、銘木を運ぶトラックを運転してきた。それの乗り心地はよくなかった。山道にさしかかるとひどく揺れ、天井へ頭を何度もぶつけた。

日中のせいか露天風呂には一匹も入っておらず、湯おもてには白い湯気が這っていた。木陰にすわってしばらく岩で囲んだ風呂を見ていると、子を抱えた猿がやってきた。まるで盗みをはたらく者のようにあたりを見まわしてから、片手で子を押さえ、片手を湯に入れた。たしかに湯加減をはかっていた。温泉に浸るのかと思っていたがそうでなく、子をしっかり抱いて林のなかへ隠れてしまった。

三十分ぐらいが経った。大人の猿が二匹出てきた。その二匹は温泉を囲んだ岩の上へ腰を下ろした。岩は温かなので気持ちがよいらしい。しばらくするとまた二匹が出てきた。

年寄りらしい一匹が湯加減をたしかめて、足から湯に入った。首まで浸ると目を瞑った。岩の上の猿たちも目を瞑っていた。

圭介は猿の格好をスケッチして帰宅した。

彼は次の日から猿を描きはじめた。目を閉じて露天風呂に浸っている野猿を、何匹も描いた。かつて「地獄」を描いた人かと思うほどその絵は和やかでユーモラスに仕上がっていた。

その絵を見た猿畠は、「いま北斎だ」とほめちぎった。

圭介は、「地獄絵の画家」と呼ばれるのを嫌ったように、露天風呂の岩の上で踊っている老猿を描いた。この絵を小布施の有名菓子店である栗駒堂が買い上げ、薄紫色の包装紙にデザインした。

新聞社後援の日本画の賞が発表され新聞に載った。古屋敷圭介の作品も賞の候補に挙げられていたが受賞しなかったし、選評にも扱われていなかった。風景画の部門で受賞したのは高梨善市の「江の島」だった。

「おれは、小学校しか出ていないからな」

圭介は猿畠にそういっていた。

彼は大船撮影所の高梨に、「おめでとうございます」と手紙に書いた。

高梨からは、「萎縮せず、成長を」という礼状が届いた。

圭介はたびたび長野へいった。特に目的はなく、ただ街なかを歩くだけだった。歩いているうちに金魚を売っている店を見つけた。水槽のなかで上下しながら泳いでいる金魚を欲しくなって、鉢とともに十四ばかりの赤い金魚を買って帰った。白い餌を朝夕撒いてやるだけだった。

ある日、縁側から外を眺めていると志賀之山酒造会長の大杉光彦がやってきて、いまはなにを描いているのかときいた。

「小雪の降る露天風呂に猿が何匹か浸っている絵を描こうかと、考えているところです」

というと、会長は縁側へ腰掛け、

「猫を飼うといい」

といった。

「猫ですか。金魚より厄介では」

「そう。厄介がいいんです。独りで仕事のことばかり考えていると、人を可愛がるとか、愛情をそそぐ神経、煩わしいことを処理しようとする神経が眠ってしまう。猫を飼うと、餌を欲しがるし、失禁する日もあるだろうし、紙を破ったりもする。その手間と煩わしさが、眠っている神経を呼びさますんです」

「なるほど。大杉さんのお宅には猫がいるんですか」

「二匹います。一匹は、私の布団に入ってきて、朝まで一緒に寝ているんです」

圭介は少し首をかしげていたが、仔猫《こねこ》のいる家があるかをきいた。

「うちの従業員の家の猫が三か月ばかり前に子を産みました。毎日、親とじゃれ合っています」

圭介は、大杉の忠告があたっているような気がした。人に愛情をそそぐ神経が眠っているのはほんとうだと思った。

大杉の後について酒造所の従業員である天野《あまの》家を訪ねた。二匹の仔猫は、親猫の腹に頭をつけて眠っていた。見慣れない男が入ってきたからか、親猫は目を光らせた。

仔猫の一匹は白毛の頭に背中が茶色。一匹は茶色の縞。目を覚ました二匹の仔猫は圭介の足元へ寄ってきた。

彼は、猿を描いたが猫を描いたことはなかった。

その日は、親子の猫を見ただけで帰宅した。独りで昼食を摂りながら猫の姿を思い出していた。仔猫を見ながらの食事を想像した。夜は綿のような毛の猫が頭から布団に入ってくる——

彼は猫のいる天野家へ引き返した。玄関へ出てきた主婦に、「仔猫を一匹いただきたい」といった。

主婦はにこりとして、

「二匹とも男の子です。どっちがいいか、よくご覧ください」

二匹の仔猫は親猫の後ろを転がるように追いかけていた。主婦は、縞柄のほうがおとなしいといったので、首に白いマフラーを巻いているような茶の縞の仔猫をもらうことにした。

その猫を圭介が抱き上げようとすると嫌がった。主婦が抱いた。仔猫は主婦の胸に吸いつくように抱かれた。

縞の仔猫は主婦に抱かれて圭介の家へやってきた。外へ出ていくと迷い子になるので、戸を閉めておくようにと主婦にいわれたし、餌の指導も受けた。名前を考えた。圭介の生家には熊のような顔をした大柄の猫がいたのを思い出した。その猫の名は「タロ」だった。

「よし、タロにする。これからおまえをタロと呼ぶので、返事をしろよ」

タロは箪笥の前にすわって動かなかった。小皿に餌を入れて名を呼んだが、圭介をじっとにらんでいるだけだった。

夕食の支度を終えたのでタロを呼んだ。が、どこへ消えたのか姿がない。玄関も勝手口の戸も閉めておいたから外へ出てはいかないはずだ。

あっと気付いた。押入れから画材を取り出したさい二〇センチばかりふすまを開けたままにしていたのだった。タロは暗い押入れの隅にうずくまっていた。

タロは三、四日で圭介になついた。彼があぐらをかくとその膝へ乗ることもあった。タロが興味を覚えたのは金魚。透明の鉢のなかで尾を振って泳いでいる赤い魚をにらんでいた。見ているうちに鉢の縁に前脚を掛け、水のなかへ前脚を入れて赤い魚をつかもうとした。しかし水が入っていたとは思わなかったのか、鉢の縁から飛び降りた。圭介はそのタロをじっと観察した。

4

四月二十日の夜、圭介は志賀之山酒造落成祝賀の宴に招かれ、大杉会長からも酒をすすめられ、小布施出身の女性歌手の歌をきいて帰宅した。少し足がふらついた。もともと酒は強いほうではなかった。野沢菜漬けを肴《さかな》に酒を飲んだせいか、無性に喉が渇いた。立ったまま水を飲んでいるとタロが足にからみついた。タロの頭を撫でていると電話が鳴った。夜のせいかその音はいつもとちがって甲高くきこえた。

「圭介さん。いなかったのね」

鎌倉の朝子だった。

「今夜は、近くの会社の祝賀会があってね……」

彼が話しているうちに朝子が、

「麻生が、麻生が」

といって泣き声に変わった。麻生子になにかが起こったのだ。

「麻生が、どうした」

「交通事故に遭ったの。いまわたしも病院にいるんだけど……」

朝子は泣き崩れたようで、咳をしたり、喉を鳴らすような声をきかせた。

圭介は受話器をにぎり直して麻生子の容態をきいた。

「意識を失《な》くしていたけど、一時間ぐらい前に意識はもどったの。お医者さんは、まだ危険な状態がつづいているって」

彼女はまた泣き出した。

圭介は、あすの朝の電車でいくといって電話を切った。彼女が口にした、「危険な状態」という言葉が耳朶をはなれなかった。

彼はタロが生まれた天野家へ走っていって、急用が生じたため何日間か留守にすることを主婦に話した。

「タロのことが心配なんでしょ」

そうだというと、主婦は日に何度かタロを見にいくので、大丈夫だといわれた。

列車に乗っているあいだ圭介は、自分は運のいい人間か運の悪い人間なのかを考えた。

有名な寺院から絵を依頼され、それに応えることができたのだから幸運と思わなくてはならないが、子どものときに妹を失い、成長してから妻を亡くした。そしていまは娘が生死の境にいる。もしかしたらなにものかに呪われているのではないかと、背後を振り返ったりした。

麻生子はわりに大きい病院へ収容されたことが分かった。朝子も彼女の夫の民夫《たみお》も麻生子のベッドに寄り添っていた。麻生子は大人の顔になっていた。

「麻生子」

圭介は彼女に顔を近づけた。目を開けている彼女は、彼をじっと見てから、

「お母さん」

と呼んだ。朝子を呼んだにちがいなかったが、もしかしたら生みの母親が、幻になってあらわれたのではなかったか。

麻生子は一声母を呼んだが、目を固く瞑った。からだの痛みをこらえているようだった。男の医師がやってきた。脈を測り、胸に聴診器をあてた。ベッドの脇にいる三人の大人に向かって目を細めた。「大丈夫」といったようだ。

蒼い顔の朝子は医師に向かって手を合わせた。圭介はなにもしてやれない自分が歯痒《はがゆ》かった。

その日の夜は麻生子のベッドの横へ毛布を敷いて付き添った。彼女は夜中に二度、唸り声を出し、「お母さん」と呼んだ。圭介は苦痛をこらえてゆがめた麻生子の顔を上から見ているだけだった。

彼は病院に三日間いた。彼女が唸るたびに、「痛いか」ときいてやるだけで、痛いとこ

ろへ手を差し伸べてやることもできなかった。

医師は、「右足に少し障害が残るかもしれないが、生命《いのち》に別状はない」といった。

圭介は小布施へもどった。タロを呼ぶと台所のほうから走ってきた。抱き上げて、「寂しかったのか」ときいた。

「ご免ください」

「お邪魔します」

玄関で男の太い声がした。その声には無遠慮なひびきがあった。

訪問者は須坂署の二人の刑事で、上条と矢島だと名乗った。二人の目は圭介の胸に矢を撃ち込むように光っていた。

「何日もおいでにならなかったが、どこへいっておいでデしたか」

四十代半ばに見える上条がきいた。どこへいっていようと大きなお世話だといいたかったが、鎌倉へいっていたと答えた。

「鎌倉。神奈川県ですね。鎌倉のどこへなにしにいったかを、答えてくれませんか」

「なにか疑っているようですね」

「ええ。きいたことに答えてください」

「急病、いや、交通事故に遭って怪我をしたという連絡を受けたので、怪我人の見舞いに、鎌倉市の山科《やましな》病院へいっていました」

「その連絡をいつ受けたんですか」

上条も矢島も上着のポケットからノートを取り出した。

「四月二十日の夜です」

「何時ごろ」

「たしか九時ごろだったと思います」

「だれから、どういう方法で連絡があったんですか」

いったいなにを疑っているのかをきくと、上条は、きいたことに答えてくれといった。

「知り合いの板谷朝子という人が、電話をよこしたんです」

「お宅には電話があるのか」

二人の刑事は部屋のなかを見まわした。

「怪我をした人とあなたは、どういう間柄なんですか」

圭介は、どう説明しようかと迷ったが、じつの娘で、人にあずけているのだと答えた。

「四月二十日には志賀之山酒造で祝賀会がありました。その会へあなたは出席していましたね」

「出ていました」

「何時にここへもどってきましたか」

「九時少し前だったと思います」

「それを証明する、証明してくれる人はいますか」

「証明する人……」

圭介はタロに目を向けた。タロは畳の上で横になり、眠たそうな顔をしていた。

「証明する人が一人いる。鎌倉の板谷朝子です。怪我人のことを連絡してきた人です」

二人の刑事はノートにペンをはしらせた。

「私が、四月二十日の午後九時少し前に、ここへもどったかどうかをなぜ確認するんですか」

「事件が起きたからです」

「事件とは……」

「知らないんですか。それとも……」

「なんですか。私がその事件に関係しているとでもみているんですか。どこで、どんな事件が起きたんですか」

「長野市の猿畠武継という男性が、大杉家の坪庭で殺されていたんです」

「猿畠が……」

圭介は口を開けた。彼は何日か新聞を見ていなかった。彼はタバコを出してマッチをすった。二人の刑事は、珍しいものでも見るように視線を彼の手に投げた。

「古屋敷さんは、猿畠さんとたいそう親しかったようですね」

「ええ、まあ」

「どういうお付合いでしたか」

「猿畠さんは銘木店の社員でしたが、絵に興味を持っていて、ここへときどき寄りました。あちこちの訪問先で私のことを話しているうちに、絵を欲しいという人がいて、そういう人に私の描いたものを売ってくれたことがありましたし、温泉に浸る野猿を一緒に見にいったこともありました」

「あなたが描いた絵を欲しいという人に、絵を仲介したということですね」

「そうです」

「仲介をしたのだから、猿畠さんには礼というか、リベートといった金銭を渡していたでしょうね」

「ええ。礼をしていました」

「その金額のことなんかで、揉めたことがありましたか」

圭介は、なかったといった。実際には不満そうな顔をした猿畠を憶えていた。

「刑事さんは、私が事件に関係したとでも……」

「その可能性はあるんじゃないかとみています」

「無関係です。私は彼に感謝していました。怨《うら》むようなことをいった憶えもありません」

上条は口を閉じた。攻めかたを変えようとしてか、すわりかたを変えた。

「志賀之山酒造の祝賀会の会場で、あなたは猿畠さんに会いましたか」

「会いました。はなれたところから目で挨拶しただけだったと思います」

「あなたは、祝賀会の日、酒造所の炊事場へいきましたか」

「炊事場へなんかいっていません。炊事場でなにがあったんです」

「出刃包丁です。みなさんが忙しく立ち働いているすきに、炊事場の出刃包丁をにぎった者がいるんです」

圭介は祝賀会場のもようを思い出した。宴会がはじまっていたときはたしか会場の中央部にいた。来場者に挨拶していた会長の大杉光彦に手招きされ、舞台の左袖の前の椅子に腰掛けた。酒を注ぎ合ったところへ町長の岩間茂秋がやってきて、椅子に腰を下ろした。町長から絵のことをきかれていると、舞台でギターが鳴り出し、お喋りでにぎわっていた会場が一瞬静かになった。小布施出身の歌手三ツ木冬乃がうたうのだった。祝宴に招かれた人たちも裏方をつとめている人たちも、拍手で人気歌手を迎えた。

祝宴は手拍子で締めるだろうが、圭介はその前に会場をあとにした。タロのことが気になったので急ごうとしたが、少し足がもつれた。酒は嫌いではない。

振り返ると猿畠は酒好きだった。長野市内だけでなく松本市へいって飲むこともあるといったことがあった。

祝賀会場では目で挨拶しただけだったが、猿畠は酒を飲んで酔っていたのではないか。酔いがまわって、だれかといい合いにでもなり、相手を傷つけた。その恨みから人のいないところへ連れていかれて、刺し殺されたのではないだろうか。

二人の刑事は、圭介がなにをいっても信用しなかったらしく、首をかたむけたまま帰った。

思い返すと猿畠は小ズルい男だった。銘木店に勤めて給料を受け取っているのに、あたかも画商にでもなったように圭介の描いた絵を宣伝して買い手をさがしていた。彼の仲介で売れた絵が何点もある。そのたびに圭介は彼にリベートを払った。その額が不満だと彼はいったこともあった。

彼は、配慮に欠けた言葉を使うこともあったから、敵をつくっていたかもしれない。祝賀会場で敵に出会ったということも考えられる。

猿畠がいなくなったことから、圭介は仕事が減るような不安を感じた。彼は大家でもないし有名画家でもない。小布施にきてから絵を買ってもらえるようになった。うまいといってほめてくれる人はいるが、絵の値段は大家といわれている人の何十分の一ではないか。それでも次から次と注文がきさえすれば、職人のようにそれをこなし、生活への不安もなくなる。

昨夜は朝子から電話があった。麻生子が退院できた知らせだった。麻生子は普通に歩けるのかときくと、右足を少し引きずっているという。

「きょうは、学校へ送っていきました」

麻生子は三週間入院していた。

圭介はタロを膝にのせて垣根の裾に咲きはじめた白い花を眺めていた。

「ご免ください」

玄関で男の声がした。また刑事がやってきたのではないか。他人の声をきいたからかタロは彼の膝から飛び出ていった。

大きな顔で髪の生えぎわが後退している男が、丁寧に腰を折った。

「古屋敷圭介先生でいらっしゃいますか」

男は細い目をして確認した。

圭介は、「そうです」と返事をした。

「絵のことで相談にあがりました。これはつまらない物ですが」

男は風呂敷から薄緑色の包装紙に包んだ物を取り出した。その包装紙に見憶えがあった。善光寺参道の漬物店だ。彼はその店で奈良漬けを買っている。

男は風呂敷をたたんだ。その手の指は太かった。職人の手だと圭介は判断した。

「私は、善光寺の参道で、面を売っています。セルロイド製の安い物から、私が打った能面も置いてあります。一か月ばかり前に猿畠さんという変わったお名前の方が店へまいりまして、売り物の面のあいだに絵を飾るといいと話され、古屋敷先生のことをうかがいました」

圭介は、舟井《ふない》と名乗った男を座敷へ上げた。

「あ、可愛い猫が……」

舟井はタロのほうへ手を伸ばした。タロは一メートルほどはなれたところへ正座した。

「お面は売れますか」

圭介がきいた。

「売れるのは、子ども向けの安い物です。ごくたまに鬼の面を買う方がいます。いまの私は、南信《なんしん》のある村が秋祭りに使うという面を打っておりまして、赤と緑に塗ることにしています」

圭介は、舟井のいう南信の村とは生田村のことではないかと想像した。

舟井は圭介に注文があるといった。一メートル四方ぐらいの画面にいろいろの面を描き、その面には、土地や山の名を付けておく、とアイデアを語った。

目を瞑って彼の話をきいていた圭介は、目を開いて、「それは面白い」と発想をほめた。

「面をいくつ描きましょうか」

「七つではいかがでしょう」

「どういう顔を七つ並べますか」

「一つだけ笑っていて、あとは怒っているか、絶叫している」

圭介はうなずいた。「描きましょう」と返事をした。

舟井はにこりとして、絵の面に付ける名は考えて、あらためて訪ねるといった。

舟井は縁側のほうへ顔を向け、いまはどんな絵を描いているのかときいた。

「猿です」

圭介はイーゼルの前へ舟井を招いた。

完成間近の絵を見た舟井は口を開けて、片方の手を胸にあてた。

露天風呂に猿が四匹浸っていて首だけが湯面に並んでいる絵だ。三匹は穏やかで気持ちよさげだが、一匹は怒っているのか牙を剝《む》いている。

舟井は後じさりして、絵を引き受けてくれた礼をいった。

5

舟井は十日後にやってきた。彼は巻いた白い紙を広げて圭介に向けた。文字は毛筆で書いてあった。

恐山《おそれざん》

鷲羽《わしば》（女性）
五竜《ごりゅう》
錫杖《しゃくじょう》（この面だけが笑っている）
常念《じょうねん》
佐渡《さど》（女性）
大山《だいせん》

「この文字は舟井さんが……」

風格のあるうまい字をにらんできいた。

「私です」

能面を打つような人は字もうまいのではないか。

「七つの面の絵が完成しましたら、べつの絵をお願いに参ります。どういうものを描いていただくかはこれから考えます」

圭介には新たな得意先ができた。自分は幸運だと感じた。

圭介が描いた七つの面の絵を舟井は店に飾るといっている。その面は、鬼や天狗《てんぐ》や猿や狐《きつね》や妖怪ではないか。あるいは福助や、子安《こやす》や、天伯《てんぱく》や、般若《はんにゃ》や、じじさや、ばばさや、ひょっとこも加わっているのだろうか。そういう面のなかへ、横約一メートルの絵が入る。その絵には七つの恐い顔が並んでいて、中央の錫杖という顔だけが笑っている。絵が完成したら圭介はその絵を舟井の店へ担いでいくつもりだ。

七つの面の絵を描きはじめた夜、鎌倉の朝子が電話をよこした。夜の電話は胸騒ぎがする。

「麻生は、車で怪我をさせた男の家を知ってたらしいの」

「麻生子とは知り合いだったということ」

「知り合いじゃないけど何か月か前に、その男は麻生の学校の帰り道に待っていて、付合ってくれないかっていったっていうの。その男は何度か麻生の下校を尾《つ》けたことがあったらしい」

付合ってくれといわれた麻生子は、首を横に振って断わり、走って逃げ帰った。男は彼女を追わなかったが、歯ぎしりくらいはしたにちがいなかっただろう。

「何歳ぐらいの男なんだ」

「二十代後半ぐらいらしい。……麻生の話をきいて、板谷がその男の家へいったの。男は五十代の母親と二人暮らしだったことが分かったけど、男は家を出ていって、いまはどこに住んでいるのか分からないっていわれたの」

「民夫さんに、そんな危険なことをさせちゃ、いけない。その男の前住所が分かったのなら、名前も分かったんだろ」

「時松《ときまつ》貫《かん》次《じ》郎《ろう》っていう名前」

「警察へいって、事情を詳しく話せ。絶対に時松という男の居所をさがしたりするんじゃないぞ。その男は……」

麻生子を殺そうとした、といいかけたが圭介は口を閉じた。不吉な言葉を使いたくなかった。

圭介は少しまとまった金額を朝子に送った。

朝子が電話をよこした。

時松という男の住所を警察はさがしあてて、板谷麻生子に怪我をさせたことを追及して、白状させた。時松は、殺人未遂の罪で起訴されることになったという。

「その男は悪質なのよ。麻生に怪我をさせた車は売って、べつの車に乗り替えていたそうなの」

「そいつは、どこに住んでいたんだ」

「警察は横浜としかいわなかった」

麻生子の報復を考えたからにちがいない。

「麻生子の脚の具合はどうなの」

「きのうは体育の時間があったので、麻生には内緒でそっと見にいったの。……ランニングのときクラスのみんなと一緒にスタートしたけど、麻生だけが一人きりになってみんなより一〇〇メートル以上遅れてゴールしたの。でも走れるようになったのを見て……」

朝子は咽《むせ》た。


七つの面の絵を完成させた。圭介はその絵を担いで善光寺参道の「寿矢摩《すやま》」という店を訪ねた。赤い鼻を反らせている天狗の大きい面が目を引いた。小さい目をして笑っている福助の頬は赤かった。

「いらっしゃいませ」

といって三十半ばに見える女性が椅子を立った。奥からはコン、コンという音がしている。舟井が面を打っている音だろう。

「頼まれていました絵ができましたので」

圭介は荷を下ろした。

「お父さん。古屋敷先生ですよ。お父さん」

店番をしていたのは舟井の娘なのか。

鑿の頭を叩いているような音がやんだ。ガラス戸が開き、大きい顔がのぞいた。

「やあやあ。わざわざどうも」

舟井はうれしそうな顔をして草履をつっかけた。

絵を包んでいた大きい風呂敷を取りのぞいた。

「わああ」

と叫んだのは娘だった。

舟井は半歩退いて絵を見つめた。

「予想以上の出来映えです」

舟井は、中央で笑っている錫杖がいいし、女の佐渡は哀《かな》しげだといった。

壁のじじさ、ばばさの面をはずし、そこへ七つの面の絵を飾ることにした。

寿矢摩の隣の漬物店の女将と七味唐がらしの店の主人が、絵を見にやってきた。七味唐がらしの店の主人は、猿と狐の面の絵から遠ざけたほうがいいと指図をした。

「佐渡の表情はいいねぇ。泣けてくる」

漬物店の女将は前掛けを固くつかんだ。

麻のスーツを着た恰幅《かっぷく》のいい紳士が男女を連れて寿矢摩へ入ってくると、壁に飾られたばかりの絵を見て、売り物なのか、と舟井にきいた。

「店の飾りでございます」

その紳士は商品の面を見ず、七つの面の絵を五、六分見て、店を出ていった。

舟井は、この前話した絵のことを相談したいし、食事を一緒にしたいのでといって、奥の座敷へ圭介を通した。舟井の妻がいい香りの紅茶を出した。

「私は面を売る商売をしていて気付いたことは、ほほえましいとか、よろこびの表情の面はめったに売れないということです。家のなかの緩んだ空気を引き締める気持ちからか、人は恐い顔や怒っている面を買うんじゃないでしょうか」

舟井があらたに圭介に描かせたいという絵は、雷や地震や豪雨におののいている人の表情ではなかった。

舟井は便箋に書いたものを圭介の前へ置いた。

○少女が屋外で、にぎり飯を地面に落とした瞬間の表情。

○羊羹を買おうとした女性が財布を開いた。が、それには一枚の札も入っていなかった。しかめた顔がなぜかといっている表情。

○何か月か前、突然いなくなった女が、街の雑踏のなかで見知らぬ男と腕を組んで歩いているのを見た男の表情。

○母親が小川で赤子の尻を洗っているとき、はさみを振り上げた赤い蟹が近づいてきたのを見た母親の顔。

圭介は読みながら、少女や、着飾った女性の姿と表情を頭に思い浮かべた。腕を組んだところへ店番をしている舟井の娘が座敷へ入ってきて、

「さっき男の人と女の人を連れてお見えになった方が、またおいでになりました。七つの面の絵をあらためてご覧になって、絵を描いた人はどなたかとおききになったので、古屋敷圭介先生ですが、いま奥の部屋にと申し上げました」

紳士は、圭介に会いたいといっているという。

舟井が店へ出ていき、紳士を座敷へ招いた。

紳士は名刺を出した。東京の日昭石油《にっしょうせきゆ》の社長だった。

「会社は美術館を持っていましたが、米軍の空襲で焼かれました。ですが所蔵していた絵画は伊那へ疎開させておいたので、失っていなかったんです。美術館は以前の場所に目下建設中です。ただいま七つの面の絵を拝見しているうちに、当社の美術館の完成に合わせて、一点描いていただきたくなりました。いかがでしょうか」

圭介には断わる理由はなかった。

東京の日昭美術館で、大家の作品にまじって自分の絵が飾られる。彼は身震いが起こるほどうれしかった。

「先生はいま、お描きになりたい絵の構想をお持ちでしょうか」

社長にきかれた圭介は、たったいま舟井から渡された絵の構想を話した。社長は目を瞑ってきいていたが、

「私は、七つの面の絵を拝見しているうちに、こんな絵ができないかと考えました」

圭介は社長の顔に注目した。社長はお茶を一口飲むと、

「朝霧のなかを、衣に身を包んだ僧侶が何人か経を唱えながら歩いていく姿」

圭介の頭の中心に、薄墨色の風景が広がった。彼はすわり直すと、

「ぜひ私に描かせてください」

といって、頭を下げた。

「完成は来年でしょう。東京でお待ちしています」

社長は胸を張っていうと膝を立てた。

圭介は舟井にも礼をいった。七つの面を描かせてくれたので、思いがけない人から注文があったのだ。彼はまた幸運を実感して、固く拳をにぎった。

6

古屋敷圭介は雨天でないかぎり一時間ばかり散歩する。志賀之山酒造の白壁の横の小道を抜け、杉並木に沿ってゆっくり歩いた。並木が跡絶《と》えると門構えの大屋敷があらわれた。澄んだ水をちょろちょろと流している溝伝いにすすむと、前方が展《ひら》けて田圃が陽光を受けていた。黄金色の稲は半分ほど刈り取られ、田のなかに稲架《はざ》がいくつも並んでいた。稲架に近づくと雀が一斉に飛び立った。

枯れすすきが微風に揺れている小川沿いに、流れを見ているような格好の女性が立っていた。近寄るとお下げの子どもがしゃがんでいた。立っている女性には見憶えがあった。背中に声を掛けると、女性は驚いたように振り向いて、頭を下げた。

見憶えはあったが、どこのだれかを思い出せずにいた。女性は圭介の表情を読んだらしく、

「坪倉家具店の娘です」

といった。

「ああ、そうでした。イーゼルをつくるとき、材料を分けていただきました」

いつもこの辺を散歩しているのかときくと、

「きょうはお天気がよくて、暖かいので」

と答えた。子どもが小さな花を手にして立ち上がった。

名前をきくと、幸帆だといい、自分は七恵だと答えた。

「絵をお描きになっていらっしゃる古屋敷先生ですね」

わりに長身の彼女はいって、わずかに頬をゆるめた。

「古屋敷圭介です。くる日もくる日も絵を描いています」

「わたしは画家の方の絵を、近くで見た憶えがありません。先生は、どういう絵をお描きになっていらっしゃるんですか」

「露天風呂に浸っている猿を描いたことがありますが、いまは……」

母親が小川で赤ん坊の尻を洗っている絵、といおうとしたが楽しそうでないので言葉を途切らせた。

「猿が露天風呂に入っている絵、お宅にはないのでしょうね」

「あります。依頼されて描いた絵ではないので」

「それ、見たいです。見せていただくわけには……」

「どうぞ。いつでも」

七恵は、これからいっていいかときいた。

彼はうなずいた。七恵は幸帆と手をつないだ。枯れすすきが揺れているあいだを雀が何羽も飛んでいた。

圭介はやってきた道を、七恵と幸帆の前に立ってゆっくり歩いた。歩きはじめて気付いたが、七恵は右足をわずかに引きずっていた。

彼は鎌倉の麻生子を思い出した。彼女は交通事故、いや故意の轢《ひ》き逃げにやられ重傷を負った。いまも歩きかたには負傷の痕が見えるという。

家に着いた。

「さあ、上がってください」

いくぶん戸惑うような表情を見せた七恵にいった。タロが伸びをしながら玄関へ出てきた。

「あら、可愛い猫が」

タロは二人の来客に向かって赤い口を開けた。

坪倉家には猫がいないからか、幸帆はタロを珍しげに見ていた。

圭介は絵に掛けておいた白い布をめくった。露天風呂に浸っている四匹の野猿の絵である。

「一匹は怒っているみたいですけど、三匹は気持ちよさそう」

七恵は絵の前にすわってじっと見ていた。

「猿は実際にお風呂に入るんですか」

「入るんです。風呂好きがいるんです」

彼女は、「面白い」といってから、露天風呂に入ったことがないといった。

「信州には温泉が数えきれないくらいある。旅行が好きでないんですか」

「いいえ、好きです」

彼女は二十代半ばだろう。一緒に旅行をする友だちが一人や二人はいるのではないか。

「旦那さんはあなたを旅行に誘わないのですか」

「わたしは独り者です」

圭介は悪いことをきいてしまったと後悔した。彼女は離婚したにちがいない。子どもは二歳ぐらいだから、離婚は何年も前のことではなかったろう。

七恵は猿の絵から目をはなした。圭介はもう一点の絵を彼女に向けた。北信五岳《ほくしんごがく》の絵である。どの峰にも雪が残っている五月初めの風景だ。里の上に白い雲がたなびき、その上に五つの峰が浮いている。

「この絵、なにか起こりそうで恐いですね」

彼女は感想を短く述べると、タロの頭を撫でている幸帆のほうを向いた。

「曇ってきましたね」

七恵は幸帆を抱き上げて靴を履かせた。その背中は冷たい風が吹き込んだように寂しげだった。

圭介は鎌倉の朝子たちに栗羊羹を送ってやることを思い付いて栗駒堂へいった。店員が羊羹を三本、包んでいるところへ女将の花子が出てきたので、きのうは散歩中に子どもを連れた坪倉七恵に会った。彼女は圭介の絵を見たいといったので、自宅へ案内したことを話した。

「七恵さんは足が少し不自由のようですが、生まれつきだったんですか」

花子にきいた。彼女は少し眉を寄せると、

「十三か十四歳のときに、アメリカ軍の空襲に遭って、肩と足に大怪我を負って、愛知県の病院に入っていたんです」

「愛知県……。愛知県に住んでいたんですか」

「先生は、七恵ちゃんのこと、なにも知らないんですね」

「知りません。話をしたのはきのうが初めてだったと思います」

羊羹に短い手紙を添えて送ってもらうことにして代金を払うと、花子は座敷へ圭介を招いた。彼女は濃いお茶と落雁《らくがん》を出した。

「七恵ちゃんのこと、ほんとになにも知らなかったんですか」

「ええ、なにも」

花子は、どう話そうかと迷ってか、瞳を回転させるように動かした。

「七恵ちゃんは、名古屋かその近くで空襲に遭って、大怪我をして病院で何日間も手当を受けたんです。……棟梁の北沢さんが仕事で名古屋の近くへいっているうち、養護施設に入っていた七恵ちゃんのことを人からきいたらしくて。アメリカ兵に撃たれたショックからなんでしょうけど、自分の名前も歳も、それまでどこに住んでいたかも、親や兄弟のことも、全部忘れてしまったらしいんです。……彼女はいまも、左手に力が入らなくて、重い物を持ち上げることができないんです」

「気の毒に」

「棟梁は彼女を見て同情したんです。怪我が治ったとしても、過去のことをひとつも憶えていないんですもの。棟梁は彼女のことを人にきいているうち、坪倉夫婦を思い付いたようでした。坪倉夫婦には子どもが授からず、そのことを棟梁も気にかけていたんでしょうね」

「北沢さんは坪倉夫婦に、気の毒な少女のことを話したんですね」

「話をきいた坪倉夫婦は、養護施設で生活していた少女を見にいきました」

「少女は器量よしで聡明《そうめい》そうでしたので、夫婦はその子を育てたくなったんですね」

「そうです。夫婦は何度も話し合った末、少女を引き取ることにしたんです。たしか棟梁が愛知県の施設から少女を連れてきたようでしたよ」

「少女はうれしかったか、それとも不安だったか……」

圭介は渋茶を一口飲んだ。

北沢は少女を列車で連れてきたらしいが、彼女はそのときに見た車窓の風景を憶えているだろうか。

小布施の坪倉家に着いた少女には「七恵」という名が付いた。夫婦は少女が恵まれた暮らしを送れるようにと希《ねが》ったにちがいない。

圭介は落雁をつまみお茶を飲んで、咳をひとつした。

「七恵さんは、結婚したんですか」

「先生は、それをきくと思いました」

花子は下唇を突き出した。ものを考えるときの癖らしい。

「わたしもね、七恵ちゃんが大きいお腹をしていたのを見たとき、結婚したのかって思いました。結婚の話がまとまったり、結婚すれば、鈴子さんはそれをわたしに話さないわけがありません。それでわたしは、七恵ちゃんには好きな人ができていたんじゃないかって想像しました。……大きいお腹をしていたんだから当然ですけど、七恵ちゃんは子を産みました。何日か経ってから産んだのは女の子だったと助産師さんにききました。……でも鈴子さんはわたしに、七恵ちゃんが子を産んだことも、彼女がどういう人とお付合いしているのかも話してくれません。話したいけど、話せない事情でもあるのかしら。そのせいか最近は鈴子さんとわたしのあいだには距離ができたようです。志賀之山酒造のお祝いの日、鈴子さんもわたしも炊事場のお手伝いをしましたけど、鈴子さんとはほとんど話をしませんでした。わたしは鈴子さんを傷付けるようなことをいった憶えはないし」

花子は急に口を閉じた。なにかを思い出したのか宙の一点に目を据えて動かなくなった。

四月二十日、新酒蔵落成の祝賀会が催され、小布施出身の人気歌手も駆けつけて祝宴に花を添えたが、その最中に邸《やしき》の陰の場所では重大事件が起きていた。

翌日、その事件を知った人たちは、目玉が飛び出るほど驚いたにちがいない。

圭介はその事件を知る前に鎌倉の朝子から、麻生子が交通事故に遭った知らせを受けていた。

圭介は、花子がいった七恵のことを思い出しながら自宅へ歩いた。風が枯葉を運んできて、彼の頰を撫でて地面へ貼り付いた。半分紅《あか》みをおびた葉を見て、ある情景が目の裡《うち》に広がった。

彼は早足で帰ると、歩きながら浮かんだ光景をメモするように画用紙にエンピツを動かした。

六人か七人の衣姿の僧侶が一列に並んで背中を向けて歩いている。先頭に近い僧の背中は霧のなかへ吸い込まれそうになっている——

彼は、描きかけの、母親が小川で赤ん坊の尻を洗っている絵を、イーゼルからはずした。一列になって霧の道へ吸い込まれていく僧の絵を描きたいという衝動が沸騰してきた。

新聞には美術作品を評価する欄があるが、圭介の作品はだれからも取り上げられなかった。彼の描くものには芸術性が不足していた。ただ構図が奇抜で面白いだけだったからか。小学校出の彼には画壇など無縁にひとしかったし、賞を欲しいと思ったこともなかった。大船撮影所で働いているあいだに、高梨から絵の描き方を教えられただけで、それを独自の感性で成長させていた。

彼は画家として大向こうから迎えられるのを望んでいるのでなく、暮らしていく手段に描いているのであった。それがまちがっているのなら叩けばいいと思っている。

彼は霧の道に消えるように歩いている僧侶の列のほかに、白い猿を描いてみたくなった。白い猿が実際に日本にいるのかは知らない。ある日の新聞には高名画家の西山高階《にしやまこうかい》が描いたふすま絵の写真と解説が載っていた。その記事を読んだ日、東京・銀座の画廊の人が圭介を訪ねてきて、善光寺で彼が描いた地獄絵を見たといった。その人は、いまなにを描こうとしているのかをきいた。

圭介は、若いときから孤独であった白い猿が年老いて、小雪の舞う日に暗い山林のなかへ消えていこうとしているが、不穏な音をきいたか、胸騒ぎでも覚えたのか、歩いてきた道を振り返った姿だと話した。画廊の人は、額に手をあてて彼の話をきいていたが、その絵が完成したら知らせてくださいといった。

画廊の人と入れ替わるように須坂署の刑事がやってきて、絵を左手で描くか、ときかれた。

第四章　帰郷の夢

1

坪倉七恵の頭痛は六日も七日もつづいていた。熱を測ったが三十六度の平熱だ。幸帆を寝かせつけて目を瞑ったが、眠気は起こらず、ただ頭が痛かった。

六、七日前、七恵は栗駒堂の前を幸帆の手をひいて通った。ガラス越しに女将の花子の姿がちらりと見えた。七恵は軽く頭を下げて通りすぎた。花子は店のなかから七恵と幸帆の姿を目で追っていたような気がする。頭痛は、そのときからはじまったのではなかったか。

花子は、七恵がどこからきて、坪倉家の娘になったかの経緯を知っている人だ。

七恵は、愛知県の施設から大工の棟梁の北沢徳作に連れられて小布施へやってきたのだった。その何か月か前、米軍の空襲に遭って、肩、腕、足に怪我を負って病院へ収容されたらしい。らしいというのは病院で医師と看護師からきいたことで、意識を失っていたので、なぜ全身が痛むのか、なぜ手足を自由に動かすことができなくなったのかは分からなかった。

そのときの彼女の頭のなかは空っぽだった。自分の名さえ頭から消え、年齢も忘れていた。どこにだれと一緒に暮らしていて、その人たちはなんという名だったのか。それを医師や看護師から繰り返しきかれたが、なにひとつ思い出せなかった。

からだの痛みが軽くなったとき、病院から施設に移された。自分が望んだことではなく、周りの大人たちが決めたことだった。

施設ではだれともなじめなかった。泣いたり吠えたりはしなかったが、歌をうたったり、ゲームをほかの子らと一緒にやる気にはなれなかった。毎日、ほかの子らが遊んだり泣かされたりしているのを、ぼんやりと見ていた。

過去を捨ててしまったような月日を送ってきたことを、栗駒堂の池戸花子は疑いの目で見ているのではないかという気がしはじめた。なにかの事情で過去の一切を忘れてしまったというのは、嘘なのではないかと疑っているような気がするのだ。

鈴子は半年ほど前から手芸を習いに近所の家へいっている。今夜は「太い糸でセーターを編む」といって出掛けた。

七恵は、仕事を終えてタバコを喫っている清春に、何日か前の白昼夢のようなことを話した。

「川のほとりに立って、小さな魚が泳いでいるのを見ていたら、ずっと前に、同じように小川を見ていたことがあったような気がしたの」

「ずっと前って、いつごろのことだ」

「ここへくる前。だから小学生だったと思うの」

「小学校の名を思い出したか」

「それは思い出せない。ずっと前のことだと思ったので、たぶん小学生だったんじゃないかって」

「あしたにでも、また小川を見にいってこい。そうしたらもっとべつのことも思い出すかもしれんでな」

七恵は、そうしてみるといった。

清春と話しているうち、何日か前にこんな夢を見たのを思い出した。

——囲炉裏端にすわって燃える火を見ていた。自分の横にはからだの大きい人があぐらをかいていた。囲炉裏の向こうには背中が丸くなった男と女がすわって、ただ黙って燃える火を見ていた——

坪倉の家には囲炉裏はない。なのでどこかの家で、ちょろちょろ燃える火を見た記憶が

にした。

頭の隅に残っているのではないか。その夢を思い出した自分は、どこかへ帰りたがっているのではないか、と気付いた。小川を思い出したのもそのあらわれではなかったか。

七恵は思い付いたことがあったので、幸帆を清春にあずけて、北沢徳作の家へいくことにした。

作業場で小さい音をさせていた従業員の信三は、いつものように「おやすみなさい」といって帰った。

頭が真っ白になった北沢は、あさりの佃煮《つくだに》で晩酌をやっていた。この家には囲炉裏がある。自在鉤には鉄鍋が吊られていて、厚切りの大根が湯気を上げていた。北沢の妻の美《み》代《よ》は台所で七恵をちらっと見て、

「あら、珍しい」

といっただけだった。

七恵は北沢と鉤の手の位置にすわった。

「おじさんに、ききたいことがあってきたんだけど」

「なんだ。あらたまって」

北沢は茶碗に酒を注いだ。

七恵はこめかみを指で押しながら、小川の縁に立っていたら、ずっと前にもきれいな水の流れている小川を見ていたことがあったような気がしたと話し、かつて自分が入ってい

た春日井の施設の名をきいた。

「なんだ、いまごろになって。そこへいってみようとでも思ったのか」

「いってみたいの。そこできたいことがあるの」

「その施設にはおまえがいたころに勤めていた人が、いまもいるかどうか。……それより
その施設がいまもあるかどうかだな」

七恵はその施設の名をきいた。

「あわしま苑《えん》だ。当時の苑長は須山《すやま》という女の人だった。何度も会ったので憶えとる」

「その場所は……」

「春日井市の柏原《かしはら》というところだ。……おまえ、妙なことを考えとるんじゃないだろう
な」

「妙なって……」

「坪倉の家にいるのが嫌になったんじゃないのか」

「そんな、そんなことはありません」

「じゃ、どうして春日井の施設へいってみたくなったんだ」

「少しでもいいから、昔のことを知りたくなったんです」

「施設にいた人にきいても、おまえの過去のことは分からんと思う」

北沢は長い箸に鍋のなかの大根を突き刺して、小鉢に入れると七恵の前へ置いた。煮え

た大根は飴色《あめいろ》をしていた。

北沢は、他人には話せない七恵の出産の秘密を知っているような気がする。いつの日かは知らないが、七恵の腹の大きさが目立ちはじめたころ、清春と鈴子はこの家を訪ねて、北沢夫婦に、『えらいことになった』と話したような気がする。七恵には婚約者がいたが、その男性は死亡してしまった。だが七恵はその男性の子を身籠っていた、ということにすればいいではないかとでも話し合ったのではないか。

「わたしが世話になっていた施設は、春日井市柏原のあわしま苑ね」

七恵は胸のなかへメモするようにいった。

彼女はこめかみを押さえながら帰宅した。鈴子は編みかけのセーターを入れた袋を持って帰ってきた。

清春と鈴子の前へ七恵はすわると、春日井市へいってきたいといった。理由も話した。

「急になにを思いついたの」

鈴子がきいた。彼女は話をするとき眉間を寄せるようになったし、以前よりもキツい目をしている。

「施設にいたときのわたしがどんなふうだったかを知りたいの。子どものころのことを思い出すヒントを、話してくれる人がいるかもしれないし」

清春はうなずくように首を動かしたが、鈴子はなにもいわず横を向いた。子どものころのことが分かったらどうするのか、とでもいっているように見えた。

三日後に、七恵は幸帆を連れて春日井市へいくことにした。旅行は伊勢へいったとき以来だ。

「向こうでどんなことをきいても、早く帰ってくるのよ」

鈴子は、自分が編んだピンクのセーターを着た幸帆の頭を撫でながら、七恵にいった。

「なんにも分からないかもしれない」

七恵がいった。

「何年も経っているんだでね」

鈴子の声は小さかった。彼女は小布施駅で、電車の窓にしがみつくようにして七恵と幸帆を見送った。

電車が動き出すと幸帆は驚いたように七恵の手を固くにぎった。舞い散る枯葉が車窓を撫でた。青く澄んだ空の下に、白くて薄い雲が長い条《すじ》をつくっていた。長野と塩尻《しおじり》で列車を乗り換え、中央本線の春日井へ着いたときは陽が沈むころだった。

養護施設のあわしま苑はすぐに分かった。玄関で人を呼ぶと、四、五歳と思われる男の子が二人出てきた。七恵は笑顔をつくって施設の人を呼んで欲しいといった。男の子が奥へ引っ込むと大柄の中年女性が出てきた。

七恵はずっと前にここに世話になっていたのだが、その当時のことをききにきたのだといった。

「ずっと前というと、いつごろのことですか」

「十年ぐらい前のことです」

それなら須山さんという苑長をしていた人にきくとよいといって、須山ふみの住所を書いてくれた。

「どちらからおいでになったんですか」

大柄の人は幸帆を見て微笑んだ。

「信州の小布施という町に住んでいます」

「小布施。きいたことがあります。よく栗がとれるところでは……」

「そうです。栗を使ったお菓子の店が何軒もありますし、昔、有名な絵描きさんが何度もきていたところです」

「いいところに住んでおいでなんですね」

彼女は、なにをききにきたのかと、さぐるような目をした。

須山ふみの住所は、歩いていける距離だった。見憶えのあるところはないかと、周りに首をまわしたが、どの道にもどの建物にも記憶はなかった。

「ごめんください」

七恵は須山家の玄関に声を掛けた。小さな返事の声がした。丸顔の小柄な女性が出てき

た。その髪は真っ白だった。七恵は少しよろけるように女性に近寄った。女性は姿勢を低くして七恵をじっと見ていたが、

「アキコさんじゃないの」

といった。

「そうです。春日井では、アキコと……」

ふみは土間へ下りてくると、両手を広げた。彼女は、七恵と幸帆を抱きかかえ、唸るような声を出して泣いた。

「元気だったのね。信州へもらわれていったけど、どうしているかって、職員といつも話していたのよ」

ふみは、七恵が頬に流している涙を素手で拭った。幸帆は七恵の腰にしがみついた。

ふみは、七恵と幸帆を座敷へ上げ、幸帆をあらためて見て、「可愛い」といった。

「わたしは小布施の坪倉という家具職人の家で、七恵と名付けられて育ちました。周りの人たちは親切で、幸せだと思っています」

「結婚なさったのね。旦那さんも家具をつくる方なの」

「夫は病気で亡くなりました」

七恵は嘘をついた。

「まあ、お気の毒に。おいくつでしたの」

「三十でした」

「お若いのに」

ふみは顔を曇らせた。

七恵がこの家を訪ねたのは、記憶を失う前の自分を取り戻すことだった。施設で暮らしているあいだに、なにかを思い出したようなことを口にしなかったかをきいた。

ふみは両手を顎にあてて考えていたが、

「名古屋で空襲に遭ったとき、お父さんと一緒だったんじゃないかって想像したことがありました。夜になるとあわしま苑の縁側にすわって、小さい声で、お父さんを呼んでいたようでした」

「お父さんと一緒……」

もしもそうだったとしたら、父はどうなったのだろうか。はなればなれになってしまったのか。それとも父は米軍機が投下した爆弾によって亡くなったのか。それから、それまでどこに住んでいたのか。母も兄弟もいたのか。

「ひとつ思い出した」

ふみはつぶやいた。アキコは、それまでのことを思い出そうとしてか、呪文のようになにかをつぶやくことがあった。そのなかで『とよしな』という言葉を職員はきいた。『とよしなへいきたい』といって、目に涙をためていたこともあった。

「そう。まちがいない。とよしなへいきたいっていっていました。初め『とよしな』は人の名ではと思っていましたけど、『いきたい』っていったことから、土地の名ではって思うようになりました」

「とよしな……」

七恵はそれを口に出してみた。繰り返してみたが蘇《よみがえ》ってきたものはなかった。幸帆を膝にのせて、こめかみを指で揉んだ。

ふみはそれ以外のことは思い出せないらしく、すまなさそうな顔をした。

七恵は、傷の手当てをしてくれた病院でも、あわしま苑でも、『お父さんとお母さんのお名前は』と何度もきかれたことを憶えている。しかし彼女の過去は真っ白だった。肩と足に大怪我をしたが、その怪我の原因さえも思い出すことができなかった。

2

須山ふみは、市役所に勤めている知り合いに電話した。「とよしな」という地名はあるかとその人にきいた。十数分すると市役所の職員から回答の電話があった。

「とよしな」は、豊科《とよしな》のことではないか。そこは長野県の中西部で南安曇《みなみあづみ》郡。信濃鉄道(現・大糸《おおいと》線)に豊科駅があるという。

ふみはメモ用紙に大きい字で「豊科」と書いて、見憶えがあるかと七恵にきいた。七恵はその黒い文字に目を近づけたが、見憶えはなかった。

「豊科というところへいってみます」

「そうね。見憶えのあるものにめぐり会えるかもしれないね」

ふみは、ミカンを二つくれた。一つを幸帆に持たせて手をにぎった。

ふみは二人を門口で見送ったが、不幸せな母子だと見たのではないだろうか。

その日のうちに塩尻までいって、松本で降りた。駅の時刻表を仰いだ。松本から八つ目に豊科があった。

幸帆がぐずったので、旅館に入ることにして駅前の交番へいった。

「どこからきたの」

背の高い巡査にきかれた。

「春日井です」

「愛知県だね」

巡査は自転車を押して駅に近い旅館へ案内するといってくれた。

歩きながらどこへいくつもりかときかれた。あしたは豊科へいくつもりだと答えると、

「私は豊科に住んでいます。あなたは豊科のどこを訪ねるのか」

ときかれたので、どんなところなのかを見て歩くだけだといった。

かった。

「だれかをさがしにきたんじゃないのか」

巡査は幸帆を見て、幼い子どもを抱えて大変だな、と独り言をいった。そして、豊科には警察署があるので、なにか困ったことがあったら相談するようにと教えた。

旅館に着くと大きいリュックを背負った男が何人もいた。登山を終えてきた人たちらし

巡査は七恵を、旅館を利用することに慣れていないと見たらしく、従業員を呼んでくれた。奥から出てきた女性従業員からもどこからきたのかときかれた。小布施からきたのに、「春日井からです」と七恵は即座に答えた。

旅館の部屋は寒かった。夕食のあと入った風呂場では、幸帆を抱いて、長いこと湯槽に浸っていた。部屋にもどって布団にもぐると湯タンポが入っていた。

翌朝、窓辺に立ってびっくりした。昨夜は雪が降ったのだった。道路の向こうの家の屋根がきらきらと輝いていた。家々のあいだから電車が見えた。

電車に乗って豊科で降りたが、右を向いても左を見ても、見憶えのあるものは目に入ってこなかった。

以前、この豊科に住んでいたのだとしたら、名古屋か春日井へいくとき、豊科駅から電車に乗ったことが考えられた。それならなにか見憶えのあるものに出会えそうな気がした。

駅舎を出て、雪が積もっている道を歩いてみた。左手で固くにぎっている幸帆の手は冷

たくて、電車を降りたときからべそをかいていた。見知らぬ土地を歩いているからではなく、寒さのために泣いているのだった。

風が鳴って地面の雪を舞い上げた。毎年、雪の季節をすごしてきたのに、初めて雪道を歩いたように足を滑らせた。風を避けようと軒下へ逃げ込んで、幸帆の頭を抱えた。幸帆は七恵の顔を仰いで、「お母さん」と蚊の鳴くような声で呼んだ。

ガラス戸が開いて、中年の女性が顔をのぞかせた。

「寒いでしょ。なかへお入りなさい」

といわれた。そこは畳屋だった。手拭をかぶった男が、糸をくわえて、畳を縫っていた。男の後ろには火鉢があって、赤い火がチロチロと燃えていた。女性は茶碗に湯を注いでくれた。白湯《さゆ》なのにそれはおいしかった。茶碗の縁を吹いて幸帆にも飲ませた。「お母さん」と呼んだ幸帆の目は濡《ぬ》れていた。

「どこから、おいでたの」

畳屋の主婦らしい人は七恵の鞄を見てきいた。

「春日井です」

七恵は答えたが、主婦にはそこがどの辺なのかは分からないようだった。

「遠いとこからのようだけど、どこへいくつもりなの」

それをきかれても七恵は困るのだった。以前住んでいたようだが、そこがどこなのか分からないなどといえば、どうして分からないのかときかれそうだ。米軍の空襲に遭って怪我をした。その衝撃で記憶を失ったと話しても、信じてはもらえないような気がする。信じてもらえたとしても、記憶を失っていた人が歩きまわるのは危険ではといわれそうだ。

彼女は小布施へ帰ることにした。駅へもどるというと、畳屋の主婦は送っていくといって、七恵の鞄を持ち上げた。七恵は人の目にひどく疲れているように映っているらしいのを感じた。

出札口で、「小布施まで」というと、それを耳にした主婦は、

「春日井へ帰るんじゃないの」

と、眉を寄せた。

とっさに、

「小布施に知り合いの家があるものですから」

といった。主婦はなにもいわず首をかしげた。

電車の到着を待つあいだ、主婦は駅前の店でアメ玉を買ってきて幸帆の手に持たせた。

幸帆はすぐに一つを口に入れた。七恵はこの主婦のことを忘れないようにしようと思った。

松本行きの電車に乗ると、幸帆は窓に額を押しつけて改札口で手を振る主婦を見ていた。

幸帆もこの主婦を忘れないのではないか。

松本で長野行きの篠ノ井《しののい》線に乗り換えて、小布施へもどり着いたときは日が暮れていた。

そこが自分の住んでいる土地なのに、帰郷したという気にはならなかった。

雪はやみ風も静まっていた。左手で幸帆の手をにぎって、東の空に浮いている月を眺めながら歩いている先で、流れ星が飛んだ。

古里さがしの旅で得たものといったら、自分はなんという名だったかは分からないが、「豊科」の地名を憶えたことだった。豊科へは何度かいってみよう。何度かいくうちに手応えを得そうな気がした。

坪倉の家へもどると、北沢徳作がきていた。彼は大きい声で、「七恵、七恵」と二度呼んだ。鈴子は幸帆に飛びついて抱き上げた。

「ご苦労だったな。寒かったろう」

といったのは清春だった。彼は徳作と酒を酌み合っていたが、瞳が光っていた。

「なにか分かったか」

徳作がきいた。七恵はなにもいわず、ただ首を横に振ってすわり込んだ。

「だれか、憶えている人に会えたか」

「あわしま苑の苑長さんだった須山ふみさんに会いました。須山さんは、わたしを憶えていて、『アキコ』って呼びました」

七恵は震えてきた唇を嚙んだ。

「そうだ。おまえはアキコって呼ばれていたんだ。……それから……」

「とよしなへいきたいって、いってたそうです」

「とよしなへ……。松本の近くに豊科っていうとこがあるが、そこのことかな」

徳作はすわり直すように膝を動かした。

松本の旅館に泊まって、豊科へいってきたことを話しているうちに、畳屋の主婦の顔と姿が目に浮かんだ。温かい湯を飲ませてくれ、幸帆にアメ玉を買ってくれた主婦だった。七恵は、はっとして顔を上げた。親切にしてくれたのに、名もきかず住所もきかなかった。彼女は広告の裏にエンピツで、「豊科の畳屋」と書いた。

「豊科へいって、なにかを思い出したか」

徳作は赤い顔をしてきいた。

「駅の近くを少し歩いただけ。雪が降っていて、なにも見えなかった」

「おまえの言葉には、名古屋方面の訛があった。だから、名古屋かその近くに住んでいたんだ。戦争が激しくなって、名古屋にはたびたび爆弾を落とされるようになった。そこでおまえは爆撃されない土地へ疎開させられた。そこが豊科だったんじゃないか」

「それはおかしい。豊科に住んでいた者が、名古屋で空襲に遭っていた」

清春がいった。

「そうか。そうだよな。豊科に住んでいたが、なにかの用事ができて名古屋にいたのかな」

徳作は頭に手をのせた。

徳作と清春は、すわり込んだまま動こうとしない七恵を見ていた。彼女は父親の分からない子を産んだ。子を孕んだ原因だけが分かっている。名古屋で米軍の空襲に遭って大怪我を負った。そのために重たい物を持つことができないし、右の足も少し不自由だ。不幸を丸呑みしているような彼女を、二人の男は赤い目をしてじっとにらんでいた。

次の朝、七恵は家の前を掃いていた。学校へ向かう男女の学童が、「おはようございます」といって通りすぎる。これはいつものことだったが、けさは自分が登校する姿が目に映し出された。学校へ向かっているのは自分だけでなく、自分より背の高い男の子がいた。彼女は竹箒《たけぼうき》を持ったまま、自分が男の子と肩を並べるようにして歩いている姿を頭のなかへ描いていた。

その彼女の前を、両手を勢いよく振って男が歩いてきて、「おはよう」といって通りすぎた。画家の古屋敷圭介だった。彼は目覚ましの散歩なのだろうが、まるで体操をしているように見えた。

「先生」

七恵は通りすぎた圭介を呼びとめた。彼は足踏みしながら振り向いた。

「あとでお邪魔したいのですが、よろしいでしょうか」

七恵は白い息を吐いた。

3

なんの物音もしていない古屋敷圭介宅の庭へ入った。幸帆が、七恵と手をつなぎながら庭の隅を指差した。猫を見つけたのだ。猫はなにをさがしているのか地面を嗅いでいる。その姿を圭介が縁側から見ていた。画家は、猫を描こうとしているのではないかと、七恵は圭介の表情を観察した。

圭介は、幸帆を手招きした。幸帆は七恵の顔を仰いでから、縁側の圭介に近寄った。

「先生は、ご家族は……」

七恵はいってから、いけないことをきいたのではないかと圭介の表情をうかがった。

「私は、ここへくる前、神奈川県の鎌倉に住んでいた。結婚して、女の子をもうけたが、からだが弱かった妻は病気で亡くなった。女の子は、知人の夫婦にもらわれていったんだ。その子はいまは中学生だよ」

「では、そのあとは、ずっとお独りなんですね」

「そう。ここへきたのは、絵を描きたかったからだが、絵を描いて、はたして暮らしていけるかが心配だった。ダメだったら製材所にでも勤めようかと思っていた」

「いまは、ご立派な先生ではありませんか」

「立派だなんて……」

圭介は幸帆の頭を撫でた。猫がひょいと縁側へ飛び乗った。七恵は猫の名をきいた。

「タロっていうんだ」

七恵が笑うと、タロは一声鳴いて、畳の上で横になった。

「いまお描きになっている絵を、拝見していいですか」

彼女はイーゼルのほうへ首を振った。縁側の踏み台に片手で靴を脱いだが、その動作は不自然だった。

「白いお猿さん」

彼女はつぶやいた。老猿の薄赤い顔をやわらかそうな白い毛が囲み、顎には鬚が長く伸びている。物音でもきいて危険を察知したのか、光った目は丸かった。画家はその絵を完成間近だといった。

七恵は赤い火が燃えている石油ストーブの近くへ寄り、身の上や春日井へいってきたことを話した。

「施設にあずけられていたとき、わたしはときどき、『とよしな』という言葉を口にしていたらしいのです。そのことを、施設の苑長をしていた方にきいたので、長野県の豊科ではないか、そこに住んでいたのではないかと思って、いってみました。でも、豊科駅も、その付近にも憶えているものはなにもありませんでした」

「あなたは、以前住んでいたところへ、帰りたいんですね」

　圭介がきいた。

「そうではありません。怪我をする前、どこに住んでいて、だれと一緒に暮らしていたのかを知りたいんです」

　七恵は豊科駅の近くを思い出した。寒さに耐えられず家の軒下に避難した。そこは畳屋の庇《ひさし》の下だった。畳屋の主婦は親切だった。主人は一心に仕事をしていたが、温かい妻がいるから仕事に精が出せるのだろうと見ていた。

「わたしは、なにも見ずに豊科をはなれました。豊科に住んでいたのかもしれないわたしが、どうして名古屋へいっていたのでしょうか。わたしの言葉には名古屋方面の訛があるって、北沢のおじさんにいわれています」

　圭介は目を瞑って七恵の話をきいていたが、顎をひと撫ですると、

「あなたは、名古屋かその付近に住んでいたんだと思う。戦争が激しくなり、アメリカの飛行機にたびたび爆弾を落とされるようになったので、安全な土地へ避難していた。そのうちに切羽つまった用事ができたので、その用足しに名古屋へいった。そこで不運にも空襲に遭い、爆弾か機銃掃射を浴びて、大怪我を負ったということじゃないかな」

と、ゆっくりと話した。

「名古屋へは、わたしが独りで……」

「いや、だれかと一緒だったと思う。戦時中に独りでなんか。ひょっとすると、お父さんかお母さんと一緒だったんじゃないだろうか」

「だれかと一緒だったのに、わたしは独りにされた……」

「空襲に遭って逃げまわっているうち、一緒にいた人とはぐれてしまった。一緒にいた人はあなたをさがしたが、見つけることができなかったということでは。……東京が激しい空襲にさらされたとき、家族がバラバラになってしまったという人が書いたものを読んだことがある。その人は終戦後、何年かしてから、ラジオの『尋ね人』をきいたのがきっかけで、家族と再会できたそうだ」

「わたしには、家族がいたのでしょうか」

七恵は、拝むように手を合わせた。

「いたにちがいない。自分がどこからきたか、どこで家族と暮らしていたのかを知りたい気持ちは分かるが、あなたを育ててくださったいまのご両親の気持ちを、傷付けないように」

七恵は圭介の顔を見てうなずいた。

先日、七恵が幸帆とともに春日井へいくとき、鈴子は寂しげな顔をした。もしかしたら七恵と幸帆がもどってこなくなるのではという気がしたからではないか。

圭介は、「いただき物の紅茶がある」といって膝を立て、白いカップに紅茶を注いでもどった。それはいままで嗅いだことのない香りを立てていた。

「あなたに、偉そうなことをいったが、じつは私は、家族を棄《す》てたことがあったんです」

圭介は、旨そうに紅茶を飲んだ。

「棄てたとおっしゃいますと」

七恵も白いカップに指をからめた。

「私は南信の伊那の生まれなんだ。家が貧しかったので、小学校を出ると、天竜川沿いの製材所へ住み込みで働きにいかされた。くる日もくる日も、重たい丸太をかついでいたが、その仕事が嫌でしかたがなかった。……ある日、先輩が買ってきた映画関係の雑誌を見ているうち、映画の撮影所の仕事に興味を覚えた。それは華やかな世界のような気がした。その雑誌を毎日見ていて、ある決心をした。給料をもらった次の日、製材所の寮を抜け出した。家出したんだ」

「無断で……」

「そう。だれにも告げずに逃げ出した」

「どこへいくつもりだったんですか」

「朝一番の電車に乗って、途中で乗り換えて東京の新宿へいった。その途中、何度も両親と兄の顔を思い浮かべた。二度と家族には会えないと思った」

「製材所の仕事が嫌だったのなら、そこを辞めて、実家へ帰ればよかったのに」

「そうだった。だがそのときは、実家からも製材所からも遠くはなれたかった。それと撮影所というところを見たかったんだ」

圭介は遠いところを見ているような目をした。たった独りで故郷をはなれ、知らなかった土地に着いた日を思い出しているようにも見えた。

「お母さん」

幸帆は退屈になったのか、七恵の膝に乗った。タロはどこへ隠れたのか姿を消した。

圭介は押入れから出してきた七色のクレヨンを幸帆に持たせ、

「絵が描けたら、おじさんに見せてね」

といった。幸帆は赤いクレヨンを取り出すと、箱にこすりつけた。圭介は笑いながら画用紙を何枚も重ねてくれた。

帰宅すると幸帆はクレヨンをにぎって画用紙に線や丸を描いた。それを見た清春は、作業場から薄い板を持ってきて、その上に画用紙をのせさせた。そしてクレヨンの持ち方を教えた。

七恵にも、画用紙にクレヨンか色エンピツで絵を描いた日があったにちがいないが、幼いときの思い出の物がひとつもないのが寂しかった。

幸帆はクレヨンをにぎっているうちに、かたちのあるものを描いた。それを見た七恵は悲鳴に似た声を上げた。その声を台所できいた鈴子がやってきて、幸帆の横にすわった。その目は真剣だった。幸帆が赤のクレヨンで描いているものにはかたちがあった。

鈴子は、作業場へ声を掛けた。清春と信三が何事かと顔をのぞかせた。

「なにかしら、赤くてひらひらしてるもの」

鈴子は幸帆が描いているものを指さした。

「古屋敷先生のお宅で見た金魚です」

七恵がいった。

「金魚か。そういわれれば、金魚に見える」

清春がいうと、信三は顎を引いた。間もなく二歳半になる幸帆が、透明な鉢のなかを尾を振って泳ぐ金魚を描いた。

「クレヨンには、古屋敷先生の一途《いちず》な執念がのり移っているんです」

信三は丸い目をして、赤いクレヨンを持った幸帆と赤い絵をにらんだ。七恵は、熱心にものをいう信三を初めて見た気がした。

七恵は、幸帆を見ていると頭痛を忘れた。

幸帆は大事そうに赤のクレヨンを箱に収めた。

翌日、七恵は幸帆の手を引いて、幸帆が描いた赤い絵を圭介に見せにいった。

画用紙一杯に、ひらひらしている赤いものが描かれている絵を一目見た画家は、

「これ、金魚じゃないか」

といって、幸帆の顔をあらためてのぞいた。

「こちらのお宅で見た金魚だと思います。幸帆は、金魚を見たのはたしか初めてでした」

「絵を見たり描いたりするのは、情操教育の助けになるそうです。……それにしても、一度見ただけのものを……」

圭介は、この絵を大切にしまっておくことだといった。成長してからあらためて見せるとよいといっているようだった。

タロが外からもどってきて、縁側へひょいと飛びのった。圭介はタロと一声呼んでから、

「けさの空はきれいだ」

といって両腕を伸ばした。空には真綿を薄く引き伸ばしたような白い雲が浮かんでいた。

「昔、学校の先生に、ああいう雲を巻雲《けんうん》とも絹雲《きぬぐも》とも呼ぶと教えられた」

七恵は圭介の横で、少しずつかたちを変えて動いている雲を眺めていたが、昨夜見た夢を思い出した。薄くなって消えていく雲を眺めながら、昨夜の夢を圭介に話した。

「夢にあらわれた風景を、わたしは実際に見たことがあったような気がするんです」

「どんな夢……」

圭介は空を見ながらきいた。

「きれいな水の流れる川に架かった真っ白い橋の上から、白くて高い山を眺めていました。

わたしの両側には人がいましたけど、それがだれだったかは分かりません」

「白くて高い山……。それは雪をかぶっているんだろうね。真っ白い橋はなんだろう。そうだ。橋の上にも雪が積もっていたんじゃないか。……あんたは、春日井の施設にいたとき、『とよしな』という地名らしい言葉を口にしていた。それが豊科だったとしたら……。そうだ、あんたが眺めた山は穂高《ほたか》だったんじゃないか。川は梓川《あずさがわ》で、白い橋は河童橋《かっぱばし》だったんだと思う。あんたは上高地《かみこうち》へいっていたんだよ」

「上高地、穂高……」

声に出してみたが、地名には記憶がなかった。上高地というところへいったことがあったのだとしたら、だれと一緒だったのか。両親がいて、三人でいったのか。それとも兄か弟か妹がいたのか。

「いまは雪が深くていくことができないので、四月にでもなったら、私と一緒にいこう。その前後のことを思い出すかもしれない」

画家は熱心に話した。

七恵は、いますぐにも上高地へいってみたかった。

家に帰ると地図を開いた。松本から島々《しましま》というところまでが電車で、上高地へはバスが通っていることが分かった。

4

小布施にも毎日のように雪が降った。七恵は毎朝、雪掻きをして、そのあと箒で雪を掃いた。その道を小中学生が、「おはようございます」といって登校した。

有馬信三が肩に雪をのせて出勤してきた。鈴子は台所で朝食の準備をしている。清春は神棚に一礼すると作業場に入り、完成間近の茶簞笥を眺めた。気に入らない点があり、直そうと考えているらしい。

膝までのゴム長を履いて、両手を振って、真っ直ぐ前を向いて歩いてくる男がいた。画家の古屋敷圭介だ。彼は雪道に慣れているらしく、足を滑らせたりよろけたりしない。たまに雪の玉を蹴っていく。七恵が朝の挨拶をすると、前方を向いたまま、「おはよう」といって通りすぎる。

七恵がテーブルへ食器を並べ終えたところへ、幸帆が画用紙を持って入ってきた。ゆうべ描いていた絵を見せにきたのだ。

「どーれ」

七恵はテーブルに絵を置いた。烏《からす》と思われる黒い鳥が白い犬と思われるものを追いかけているらしい絵だった。黒い鳥と犬のあいだは空白だ。その空間が無気味だった。

その絵を清春に見せた。彼も、薄気味悪いといって、七恵と幸帆の顔を見比べた。金魚鉢のなかの金魚を描いてからほぼ三か月が経っている。彼女の描く対象は静物でなく動物だった。何日かつづけて画用紙に向かっていることもあるし、一週間ぐらい、絵を忘れたように絵本をめくっている日もあった。

朝食の片づけをすますと七恵は幸帆をおぶってみた。重たくなった。

「ころぶから、よしなさい」

と、鈴子にいわれ、手をつないだ。画家に幸帆の描いた絵を見せにいくのだ。

大杉家の黒板塀伝いに歩いて圭介宅の庭に近づくと、そこから先は雪搔きがされていなかった。圭介は、けさも大手を振って公道を歩いていたが、自宅への通路の雪には足跡の穴が並んでいた。無精なのか、それとも人の来訪を拒んでいるのか。

「先生。おいでになりますか」

声を掛けながら玄関へ近づくと、柱に雪搔きが立てかけてあった。

七恵は幸帆を玄関へ入れると、人が歩ける幅に雪を搔いた。

なぜ雪を搔かないかを、七恵は圭介にきいた。

「しぜんに解けていくのを待っているんだ」

「雪を搔いてあげないと、タロが外を歩けないじゃありませんか」

「そうか。そうだね」

画家は素直だったが、やる気はなさそうだ。

七恵がいつも感心するのは、卓袱台の上には湯呑みのひとつものっていないことだ。食事をすませるときれいに片付けるらしい。しかし雪掻きはしない。障子を開け、縁側に立って、ガラス越しに雪の庭を眺めているのだろうか。

七恵は、幸帆が描いた絵を圭介に向けた。

「白い犬を追いかける鳥か」

画家は唸るような声を出した。

「鳥が犬を追いかけているんでしょうか」

「追いかけているんだよ。鳥の位置が地面に近いじゃないか。鳥が食おうとしていた物を、犬がさらっていったんだな」

画家には、描いた者の頭に浮かんだストーリーが見えるらしい。

圭介は、幸帆には動物を正確に描いてある本を与えるといいといった。

長野市には大きな書店があるときいたので、幸帆を連れて出掛けた。動物の図鑑も写真集もあった。動物園の本と小説本を二冊買って帰った。

幸帆は、動物園の本を気に入ったらしく、毎日、動物の写真に語り掛けながら見ていた。彼女が動物園の本からなにを吸収し、どんな絵を描くかを七恵は楽しみに待っていた。

三月になると雪の日が少なくなり、雨が降って積もっている雪を解かした。

四月になって上高地へのバスが通うようになったら、訪ねようと、七恵は圭介と話し合った。その日程を決めた日、清春と鈴子にそれを話した。

「おれは上高地へ一度はいってみたいと以前から思っとった。七恵たちと一緒にいくことにしよう」

清春は、おまえはどうだというふうに、鈴子の顔にきいた。

「山を見るだけでしょ。山はしょっちゅう見ているので、わたしはいきたくない」

鈴子は首を振った。

「上高地。憧れの場所です。ぜひご一緒させてください」

信三は飛び上がりそうな声を出した。

その日の夕方、東の中天に円になりきっていない白い月が浮いていた。七恵はその月を二階の窓から眺めた。眺めているうちに同じような白い月を何人かと一緒に見ていた記憶が蘇った。なにかを背負って、声をそろえて歌をうたいながら、月に近づくように歩いていたような気がした。

四月末。上高地へいく日がやってきた。ハンチング帽をかぶった古屋敷圭介に、七恵、幸帆、清春、有馬信三がそろった。灰色の雲を破って陽が差した。

長野と松本で電車を乗り継ぎ、島々に着いた。そこにはバスを待つ客が何人もいた。大型のリュックを地面に置いてそれに寄りかかっている男たちがいた。上高地に着き、バスを降りて、カラマツ林にはさまれた道を歩いた。道には水たまりがいくつもあり、林のなかには雪が積もっていた。幸帆は信三におぶわれた。道が急に展《ひら》けた。川音がして吊り橋が川をまたいでいた。それが河童橋だった。

五人は橋の中央で足をとめた。清らかな流れの川はキラキラ光った。圭介が穂高を指差した。小布施で眺めていた山とは異なって、鋭くとがった真っ白い頂は天に届いていた。白い大斜面を眺めていると、その中央部から煙が上がった。圭介の説明によるとそれは雪崩だという。岳沢《だけさわ》の急斜面ではしょっちゅう雪崩が発生しているらしい。

七恵は幸帆の肩を抱いて、なにもいわずに穂高と岳沢をにらんでいた。この風景はたしかに見た記憶があった。橋の上から眺めた穂高は一点の額に収まって、七恵の脳にはめ込まれているにちがいなかった。

五人は黒板塀のレストランでライスカレーを食べた。そのあと一時間ばかり川沿いを遡上して明神《みょうじん》に着いた。そこにも橋があった。林をくぐるようにして山に近づくと、池があらわれた。明神池といって神社がまつられていた。池のなかには岩がいくつもあり、雪をのせている岩もあった。そこは箱庭のようにきれいだった。

「紅葉の時季は、もっときれいだ」

圭介は秋にもここを訪れているらしかった。彼はカメラを持っていた。河童橋の上でも明神池のほとりでも、彼は四人を撮っていた。風景も撮った。その風景はやがて絵に結実するのだろうと、七恵はファインダーをのぞく圭介を見ていた。

五人は梓川右岸の旅館に泊まることにした。幸帆は疲れたらしく部屋に入るとすぐに眠った。七恵は上高地の風景を眺めて感じたことをノートに記した。『たしかに眺めたことのある風景』とも書いた。自分にも両親がいただろう。兄か妹がいたかもしれない。父の提案で一家は上高地で一日をすごしたことがあったような気もする。

窓を開けて夜の梓川を眺めようとした。冷たい風が入ってきた。上高地の気温の低さは小布施とは比較にならないようだ。

夜の食堂で圭介と清春と信三は酒を注ぎ合っていた。七恵はマスの塩焼きを箸でちぎって幸帆に食べさせた。幸帆はそれを口に入れるたびに、「おいしい」といった。

清春と圭介は顔を赤くしていたが、信三はまるで素面《しらふ》のようだった。彼は三十くらいらしいが、独り者といわれている。婚約者か好きな人がいるのだろうか。彼は腕のいい職人になる、と清春がいったことがある。

「先生はいま、どんな絵をお描きになっていらっしゃるんですか」

信三が圭介にきいた。

「お寺のお坊さんが六人一列になって、霧の張っている道を歩いている。先頭の人は霧のなかに消えそうになっている絵です」

「お坊さんたちの背中をお描きになっているんですね」

「そうです。お坊さんの上半身を描いているが、霧の加減が気に入らないので、そのへんを直そうかと考えているんです」

「まったく物音のない、静謐《せいひつ》な雰囲気の絵ですね」

信三は、盃を一気に口にかたむけた。

「有馬さんは、絵画に関心がありそうですね」

圭介はキノコを裂いて口に入れた。

「絵を観るのが好きなだけです」

清春は、圭介と信三の会話に興味がないらしく、ちびりちびりと飲《や》りながら、幸帆に小さい声で話し掛けていた。

翌日も上高地の空は晴れていた。五人は大正池《たいしょういけ》のほとりに立った。大正四年、焼岳《やけだけ》が噴火して梓川を堰《せ》きとめて麓の森林を水没させてできた池である。深さは三・九メートルぐらいだという。枯れた白樺の木が何本も水面に突き出ている。青い水に引き込まれそうな静寂の上に豪快な焼岳が居据わっていた。

五人が上高地旅行から帰った次の日、岳沢で大雪崩が発生して、登山中の人が何人か巻き込まれたというニュースをラジオが報じていた。

昼食を摂りながら清春が七恵に、

「上高地や大正池を見て、なにか思い出したか」

ときいた。

「上高地ではなにも思い出さなかったけど、雪が煙を上げて崩れていくのを、どこかで見ていたような気がするの」

七恵は箸を置いた。右のこめかみのあたりが痛くなった。

幸帆は七恵の顔を振り仰いだ。母親の異変が気になるらしい。

幸帆は朝から絵を描いている。美しい雪山と青い池を見たので、それに刺激を受けて山《やま》脈《なみ》でも描くのかと思っていたら、黒い鳥と犬が立ち向かっているらしい絵を描いた。

「なぜあんたは、庭や道端に咲いている花を描かないの。桜は満開になっているっていうのに」

七恵は幸帆が描きかけた絵に不吉なものを感じた。彼女が描く鳥はすべて黒いからだ。

七恵は圭介が手直しをしているという霧の道をいく僧侶たちの絵を見たくなった。彼の好物だという瓜《うり》の味噌漬けを紙に包んだ。

「ご免ください」と玄関に声を掛けると、来客を歓迎するように、タロが出てきた。幸帆はタロの頭を両手にはさんだ。

5

古屋敷圭介は、イーゼルにかかった絵から一メートルほどはなれて、腕を組んで見つめていた。七恵は彼の横から、その絵をのぞいた。絵の僧は六人が背を向けて一列になっているが、先頭の僧は丸い頭と肩がぼんやりと見えているだけで、霧のなかへ踏み込んでいる。僧は経を唱えているにちがいなかった。

圭介はその絵のどこが気に入らないのか、「うーん」と唸ると、頭を掻いて絵からはなれた。

「大船から、いい知らせが届いたんだ」

彼はにこりとしてあぐらをかいた。

いい知らせは、撮影所の高梨という人からの手紙で、近日中に、小布施を舞台にした映画の撮影にくるというのだ。高梨は美術監督として撮影隊に同行してくるのだった。

「この高梨という人は、私の師匠なんだ。撮影のためのセットづくりを教えてくれたが、絵の描き方も教えてくれた。私が毎日、絵を描いていられるのはこの人のおかげなんだ」

圭介は、高梨という人が手紙と一緒に送ってよこしたという台本を手にしていた。それは薄茶色の手製の雑誌のような体裁をしていて、［仮題　帰りこぬ夜］とあった。

最初のページには脚本家の名があり、次のページには音楽協力社と作曲家名が刷られていた。そして監督は有名な菊村久仁男《きくむらくにお》だった。

七恵は、あらすじを読んだ。

——小布施町と思われる黒板塀の家並みの先に、N県を代表する多目的ホールが完成し、その完成を祝う式典パーティーが催される。会場には立錐《りっすい》の余地がないほどの人が集合していて、たいていの人がグラスを手にして笑い合っている。

舞台の上に、一人の肉付きのいい五十代後半に見える男が登場した。県議会議員であり、当ホール建設の委員会会長をつとめた鳴沢千恵造《なるさわちえぞう》。司会者に紹介されると彼は胸を張り、出席者から万雷の拍手を浴びた。鳴沢は得意そうで、興奮しているような赤い顔をして、大きい声で挨拶した。彼はO町の五山堂《ござんどう》という老舗菓子店の主人でもある。

彼の挨拶は、あくびが出るほど長かった。来場者は勝手な話し合いをはじめて、場内は騒々しくなった。鳴沢は自分の話が長すぎたのに気付いたらしく、ぎょろりとした目で場内を見渡してから舞台の袖に消えた。舞台を下りた彼はトイレへ急いだ。

O町には小舟《こぶね》まゆと風人《かぜと》という母子がいた。まゆの夫は林業に携わっていたが、丸太を山から下ろす作業中に怪我を負って死亡した。まゆは夫に死なれると急にからだが弱って、床に伏すことが多くなった。

まゆには蓄えがなかったので風人には汁かけ飯ぐらいしか食べさせられなかった。彼女は、ふらつく足で風人の手を引いて、五山堂の裏口へいき、顔をのぞかせた男に、『あまり物があったら、分けてください』といった。裏口からは店の主人が顔を出して、『あまり物なんかないよ』といって、餡《あん》のひとつまみもめぐんでくれなかった。

それでも、まゆと風人は、夜になると五山堂の裏口近くにしゃがんで、裏口の箱のなかへ捨てられるものを待っていた。

何日かするうち、母子が夜の裏口近くにうずくまっているのを、店員に見つかった。それでも母子は、毎夜、五山堂の裏口の箱をにらんでいた。

ある日、母子はいつものように五山堂の裏口の箱のなかに手を入れて、日数の経った饅《まん》頭《じゆう》をつかんで帰った。それを食べたまゆは、両手で喉を押さえて苦しみ、食べた物を吐き、水を飲もうとして倒れ、それきり事切れた。風人は外へ飛び出て人を呼んだ。

風人は十七歳になって製材所で働いていた。ホール完成の祝賀会では、飲み物や食べ物を会場に運んだり、空いた食器を下げる作業を手伝っていた。その彼の横を肉付きのいい男が艶のあるスーツを着て通った。五山堂の主人であり県議会議員の鳴沢千恵造だった。

風人は炊事場へ走って行き、流し台の上で出番を待っていた出刃包丁をにぎった。トイレで用を足し、鏡に映りながら手を洗っていた鳴沢は、背中に冷たいものを感じ、タイル張りの床にどっと倒れた。

かつて小布施で起きた実際の事件を下地にしているような筋である。
これを読んだ七恵は、寒さを覚えて身震いし、台本を閉じた。

半月ほどすると映画［帰りこぬ夜］の撮影隊がやってきた。俳優を入れて四十人ぐらい。小布施には旅館が一軒しかないので、スタッフは付近の温泉地の宿に分散して宿泊することになったという。

到着した日、菊村監督と美術の高梨と古屋敷圭介は、大杉家に招かれ、清酒の志賀之山を会長と社長に注がれた。

撮影がはじめられた日、七恵は現場を見にいった。十歳ぐらいの男の子が、黒板塀の下で助監督から指導を受けていた。男の子は小舟風人役だ。その横にやや小柄な痩せた女性が縞の着物姿で立っている。その人はまゆ役なのだろう。助監督は、まゆと風人を軒下にしゃがませた。軒下は五山堂の裏口にちがいなかった。白い帽子をかぶった男が顔をのぞかせ、母子に向かって短くなにかいうと戸を閉めた。その音は空気を切って大きかった。

三、四日後、七恵は幸帆の手をつないでまた撮影を見にいった。数人の男女のなかにベレー帽をかぶった圭介がいた。なにをしているのかと見ていると、彼は歩きはじめた。助監督が彼になにかいっている。やり直しを指示されたらしい。圭介は元の位置にもどって歩き直した。今度は右や左をきょろきょろ見ている。OKが出た。通行人を演じた彼は照れ笑いをしていた。

七恵は一日のうち何度か、清春の作業場をのぞくが、いつも思うのは、彼は左手にタバコをはさんで、つくりかけの箪笥などを眺めている。ときには完成間近の家具を横からも後ろからも、長いこと眺めている。白木を削ったり組み立てたりしている信三を見ていることもある。作品や信三の姿を見ているようだが、その目はうつろである。

彼の心の目は、箪笥や建具を見ているのでなく、七恵と幸帆を見ているような気がする。成長した幸帆は七恵に、『お母さんはどこからきたの』ときそうだ。幸帆はいつの間にか、母はこの家で生まれた人でないのを知るだろう。そして自分の父親はだれなのかを知ろうとするのではないか。幸帆の父親は若いときに死亡したと彼女は教えられている。それなら父親がいた痕跡がこの家になくてはならない。

世間の人たちはなにげない風を装っているが、じつは七恵の生い立ちや、幸帆の父親はだれなのかを知りたがっているのではないかと、清春はタバコをくゆらせながら考えているように思われる。

信三は口数の少ない男だが、ある日、三時のお茶を飲んでいるとき鈴子に、『七恵さんは結婚しないのですか』ときいたという。七恵が幸帆を連れて買い物に出ていく姿をガラス越しに見ていたらしい。

『子どもがいるので、縁談なんて』と鈴子はいったという。その何日か前、やはり三時の休憩のとき、『大杉家の坪庭で殺されていた猿畠という男は、ここへきたことがありましたか』と清春にきいた。『なかったと思うが……』清春はそう答えてから、『猿畠の事件に関心でもあるのか』ときいた。すると信三は『猿畠は古屋敷圭介さんと親しくしていて、絵描きの彼のことをあちこちへ宣伝して、彼の作品を欲しい人に何点も売り、仲介したリベートをもらって、長野や松本の酒場で毎夜のように飲み歩いていた男だ』と語った。事件後信三は、猿畠武継の過去を密《ひそ》かにさぐっていたらしかった。なぜそんなことをするのかときくと、『警察がなかなか解決できない事件を、さぐってみることが好きなんです』と答えたという。

映画の撮影隊が引き揚げた日、七恵は、

「暖かくなったので、もう一度、豊科へいってみたい」

と鈴子にいった。

「この前いったとき、なにも思い出せなかったっていったじゃないの」

「あの日は、雪が降ってて、なにも見えなかったの。今度は町のなかを歩いてみたい」

鈴子は賛成しなかったが、気をつけていってくるのよといい、幸帆を置いていきなさいといった。七恵はいったんはうなずいたが、今度も幸帆を連れていくことにした。

七恵は栗駒堂で栗羊羹を買った。豊科駅近くの畳屋への手みやげだ。

幸帆は間もなく三歳になる。靴が窮屈になったので、鈴子が幸帆を長野へ連れていって、買ってやった白い靴を履いてもどってきた。幸帆は白い靴が気に入ったらしく、仕事をしている清春にも信三にも見せた。

初夏の晴れた日、七恵と幸帆は電車に乗った。長野と松本で乗り換えて豊科へ着いた。清春にカメラを借りてきたので、豊科駅とその付近を撮った。

畳屋ではきょうも主人が糸を口にくわえていた。太い腕で畳を叩いていたが、七恵が入っていくと奥の主婦を呼んだ。

「まあ、あのときの……」

主婦は土間へ下りてきた。

「お嬢さん、大きくなったわね」

幸帆ははにかんだが、白い靴を見せた。

主婦はお茶を淹れ、七恵が手みやげにしてきた栗羊羹を切って出した。主人は太い指でつまんで口に入れた。

「旦那さんは、お勤めの方なの」

「いいえ。うちは家具屋なんです。父と職人が仕事をしています」

七恵は、「旦那は」ときかれたのに、それには答えなかった。子どものときに見た風景をさがしにきた、もしもさがしあてることができたら、だれとどんな暮らしをしていたのかを知りたいのだと話した。記憶を失った原因も話した。

「怪我をして収容された病室で、わたしは、『とよしなへいきたい』といったそうです」

「じゃあ、この豊科に住んでいたのかも」

主人は目を細めていって、羊羹を二切れ食べた。

七恵は町のなかを歩いてみるといって幸帆の手をにぎった。

「なにか分かったら、話しにきてくださいね」

主婦は幸帆の頭を撫でた。

七恵と幸帆は手をつないで、左右を見ながら町のなかをゆっくり歩いた。豊科警察署の近くの「戸隠《とがくし》」というそば屋へ入った。その店の壁には赤い山を描いた絵が掛けられていた。その絵はどこかで見たことがあるような気がした。

七恵は、そばをすすりながら何度も壁の絵を仰いだ。彼女は椅子を立つと女性の従業員に、

「ずっと前に、あの絵を見たような気がします。あの絵はいつからあそこに……」

といって白い壁を指差した。従業員は妙なことをきく客だと思っただろうが、調理場へ声を掛けた。

白い帽子をかぶった主人が笑顔で出てきた。

「わたしの先代が飾った絵です。かれこれ二十年にはなると思います。あの絵になにか……」

主人は、七恵と幸帆を見比べた。

「何年も前に、あの絵を見たような気がしたんです」

「何年も前というと、いつごろのことでしょう」

主人は七恵に興味を覚えたようだった。

「十年ぐらい前、戦争中だったと思います」

「そのころには、同じ位置に飾られていました。十年ぐらい前というと、お客さんは、十代のころ、この店へ何度もおいでになっていたのでは」

「そうですね。そんな気がします」

「十代のころ、どなたかに連れられて、ここへ何度か……」

主人はそういってから、なにかをさがしているのではないかと、あらためて七恵の顔を見つめた。

「戦争が終りに近づいたころ、私は召集されて、松本連隊で訓練を受けていました。いつ戦地へ送られるか、戦地へいかされたら生きて帰ってはこられないだろうと、覚悟を決めていました。そのころこの店では食材を手に入れられないので、私の父は、店を閉めようかと考えていたということでした。お客さんがきても、満足な物は出せなかったから。

……そのころにこの店においでになっていたのだとしたら、あなたは農家の人ではなかった」

主人は白い帽子の頭をかしげると調理場へ入って、小皿に味噌漬けをのせて、七恵がいるテーブルへ黙って置いた。その細いきゅうりの味噌漬けは甘かった。幸帆にも食べさせた。幸帆を見ているうちに、七恵の目は涙をためた。細いきゅうりと甘さに記憶があった。戸隠を出ると休みながら二時間ばかり町のなかを歩いた。十代の七恵がだれかに連れられて戸隠を何度か利用していたのだとしたら、彼女が住んでいたところはそう遠くではなかったと思われた。

畳屋へもどった。主人はにこりとしただけで仕事の手をとめなかった。

主婦は七恵と幸帆を座敷に上げて、熱いお茶を出した。幸帆の前へは白、赤、青の金平《こんぺい》糖《とう》を入れた皿を置いた。

「京都へいってきた人から、おみやげにいただいたの」

幸帆は初めて目にした物だったからか、すぐには手をつけなかった。

この付近に旅館があるかを、七恵は主婦にきいた。

「一軒ありますけど、よかったらうちに泊まってくれても。うちには大学へいっている娘が一人いるだけで、空いている部屋がありますので」

七恵は遠慮したが、主婦は主人に、母子を泊めていいかと話したようだった。

「どうぞ、泊まっていきなさい。うちにはわりに大きい風呂がある。それにゆっくり浸って」

主人は、かぶっていた手拭をとった。頭頂が光っていた。

「きょうは、肉を煮ます」

主婦はすき焼きのことをいった。鉄鍋を棚から下ろしたところへ、背の高い娘が帰ってきた。大学二年生だといった彼女は、目もとが主人に似ていた。

かつて七恵は、清春と鈴子から高校へいくのをすすめられたが、『上の学校へはいきたくない』といって進学しなかったのを思い出した。

七恵は遠慮がちに日菜子《ひなこ》という名の娘に、なにを習っているのかをきいた。

「英語です。英語で科学の本が読めるようになりたいので」

といって微笑んだ。色白で聡明に見えた。日菜子は幸帆に関心を向けた。腕をそっと伸ばして、幸帆の頬を指でつついた。

「わたし、妹が欲しかったんです」

この家の食事は椅子席でだった。主人は顔と手を洗うと、神棚に手を合わせた。酒好きらしく大きめの徳利をぐい呑みにかたむけた。一足遅れて日菜子が腰掛け、椅子を少し幸帆に近づけた。

6

鏡板にケヤキの木目が浮いた洋服箪笥と整理箪笥が、リヤカーに積まれ布がかぶせられた。清春と信三が根《こん》をつめてつくった嫁入り道具の家具である。これを一キロほど北の岩《いわ》瀬《せ》家へ納めにいく。梶棒《かじぼう》を信三がにぎり、清春が腰を曲げて後押しをする。

近所の四、五人が、動きはじめたリヤカーに積まれた家具を見にやってきた。清春は車をとめてかぶせた布をめくって、自慢げに作品を見せた。それを見た人たちは、『岩瀬の娘は、どういう家へ嫁入りするのか』などと、低声《こごえ》で話していた。

陽が落ちたが、きょうは涼しくならず、なまぬるい風が地面を這っていた。

家具を積んだリヤカーが動き出すと、見物にきていた人たちは手を叩いてそれを見送った。鈴子と七恵は幸帆をはさんで、リヤカーが小さくなるまで見送っていた。

午後九時少し前に清春が空のリヤカーを曳《ひ》いて帰ってきた。

「信三さんは」

七恵が清春にきいた。

「途中で別れた」

ぶっきら棒ないいかたをした清春の息は酒臭かった。納品にいった岩瀬家で酒と料理を馳走になってきたのだった。嫁入り道具を納品できた気の緩みからか、清春は珍しく足をふらつかせ、風呂にも入らずに寝室へ消えた。鈴子は、栗駒堂へいってくるといって三十分ほど前に出掛けたが、まだもどってこなかった。

七恵は、夕飯の片付けを終え、米を研ぐと、絵を描いていた幸帆を呼んで、風呂に入った。

幸帆は三歳になったので、幼稚園へ通わせなくてはと考えている。それを幸帆にきくと、

「いきたくない」という。

次の朝、鈴子は七恵よりも先に台所に立っていた。鍋の湯が煮えたぎっているのに、具を入れようとしていなかった。七恵が声を掛けると、目を覚ましたように横に動いた。日頃、丈夫な人なのに、けさは頭でも痛むのかと七恵は鈴子の横顔に視線をあてた。

けさの食卓は、白いご飯に豆腐の味噌汁、アジの干物に里芋の煮付け。

「ゆうべは岩瀬さんの家で、エビの炭火焼きをご馳走になったが、それは旨かった」

清春は、きゅうりの漬け物でお茶を飲むと、新聞を開いて食卓をはなれた。

信三の出勤時間の八時半になったが、彼は出てこなかった。九時をまわったが信三は出勤しない。

清春は新聞をたたむと、

「ゆうべ岩瀬さんですすめられた酒が残ってて、起きられないんじゃないのか」

と、時計に目をやった。

「酔ってたの」

七恵がきいた。

「だいぶ酔ってた。リヤカーに乗せて、送ってやろうとしたら、途中で降りて、用を足して、そのまま歩いていった」

清春は信三が歩きはじめたのを見届けると、リヤカーを曳いて帰ってきたのだといった。

清春はまた時計を振り仰いだ。午前十時になるところだった。

「あいつ、起きることができないんだろうな」

清春は、信三のようすを見てくるというと自転車に跨《またが》った。

三十分あまりして清春はもどってきた。信三はアパートの部屋にいなかったといって、首をかしげた。かつてないことだった。

「部屋のなかを見たの」

七恵がきいた。

「ドアを叩いたが返事がなかったんで、大家にドアを開けてもらった。部屋の隅に布団が重ねてあったが、ゆうべ寝たのかどうかは分からん」

清春は眉間に深い皺を彫った。彼は作業場にすわり込んで腕を組んだ。仕事が手につかないようだった。

店の前にパトカーがとまった。七恵は異変を感じて幸帆を抱き寄せた。制服警官が二人、目を吊り上げて入ってきた。

「有馬信三さんは、こちらに勤めている人ですね」

角張った顔の警官が清春にきいた。彼は立ち上がって顎を引いた。

「有馬信三さんは、先ほど川で発見されましたが、亡くなっていました」

「川で、亡くなって……」

清春は棒を呑んだように動かなくなった。

七恵は幸帆の頭を抱えてしゃがんだ。その背中へ鈴子もうずくまった。

「有馬さんは、にじいろ川《がわ》で発見され、アパートの大家さんに見てもらって、こちらで働いていた人だということが分かりました。……確認のために」

警官はパトカーを指差した。

にじいろ川というのは、信三が住んでいたアパートのすぐ近くを流れている幅二メートルほどの清流だ。夕方近くになってやむ雨がある。すると一瞬だが川面が虹色に変化する。川底では、白や赤や緑の小石が澄んだ流れのなかできらめいている。その川ではときどき鯉や鯰《なまず》や鰻《うなぎ》が釣れるし、川底を沢蟹が這っている。

清春はパトカーに乗せられて去っていった。近所の人たちが道路へ出てきて、ささやくように話し合っていた。

清春は正午すぎに蒼い顔をしてもどってきた。水死体で発見された信三に対面してきたといった。発見されたのは住居であるアパートの五〇メートルばかり北。彼は昨夜八時半ごろリヤカーを曳いた清春と別れた。別れた地点はアパートへ歩いて十分ほどの道の角。川はアパートの北側だから信三はアパートの前を通過して、川に落ちたことになる。

信三の遺体と対面してもどってきた清春を、ふたたびパトカーが迎えにきた。彼は須坂署へ連れていかれた。

「有馬信三さんは、殺害されたことが分かりました」

刑事課長にそういわれた清春は目をむいた。

信三は、石で頭を殴られたあと川に突き落とされた可能性があるので、何者かから恨まれていたことが考えられる。彼は人に恨まれるような言動のある男だったかときかれた。

「彼はうちで働くようになって、間もなく二年半ほどになるところでした。仕事の憶えは早いし、真面目に働く男でした。長崎から歩いてきたというだけに、根性のある人間で、私はいい人を雇うことができたと思っていました。酒は強いほうでしたけど、妙な癖を見せたことはありません」

清春がそういったところへ、課長は課員に呼ばれて部屋を出ていった。

清春は三十分ほど部屋に置き去りにされていたが、もどってきた課長から意外なことをきいた。

「有馬信三さんが住んでいたアパートの部屋を調べました。他殺だと判明したからです。……部屋の押入れに小さな机が置いてあって、それの引き出しには、ノートが入っていた。そのノートに有馬さんは、日ごろ不審に思っていたことなどを書いていたようです」

「日ごろ不審に思っていたこと……」

清春は、自分のことが書かれていたのかと思い、メモを手にしている課長の表情をうかがった。

「お宅には、七恵さんという名の娘さんがいますね」

課長は重々しい口調できいた。

「はい。おります」

「その人は、愛知県の出身らしい。あなたがたご夫婦は、小学生の女の子をもらい受けてきて、七恵さんという名を付けて、大切に育て上げた」

「はい。そのとおりです」

「七恵さんは、なにか秘密を持っているらしくて、ときどき遠方へ出掛けていく。なにかを調べているらしいが、秘密はなにか、どんなことを調べているのかは分からない、というようなことがノートに書いてあるんです」

「それは秘密じゃありません。七恵は十三か十四のときに、名古屋で米軍機の空襲に遭いました。それで肩や脚に怪我をして、病院へ収容され、少しよくなったところで養護施設へ移されました。ところが怪我を負ったさいのショックで、自分の名前も年齢も、親や兄弟のことも、それまでどこに住んでいたのかも、すべて忘れてしまったんです。そこで、自分の過去を知るために、わずかに残っている記憶を頼りに、いままで二回、出掛けました。……秘密なんかじゃありません。過去さがしです」

課長は表情を変えず、うなずいた。が、ひとつ咳払いをすると、清春の顔を刺すような目をした。

「七恵さんには、すすんでいた縁談があったのに、それを途中で断わった。お腹に子が出来たからだった。そして女の子を出産した。縁談の相手の子ではないらしい。……彼女は子どもの父親と結婚するのかと思われていたが、そういう人はあらわれず、七恵さんは女の子を育てている。女の子の父親と会っているのかとも思われるが、それらしい男性があらわれたことはないらしい。これは七恵さんの最大の隠し事ではないか、と書いています。それは七恵さんの隠し事ですか」

清春は答えに詰まったが、そうだ、というふうに首を動かした。

「あなたは、七恵さんが産んだ子の父親を知っていますか」

「知りません」

「七恵さんにきいたことは……」

「答えてくれませんでした」

「有馬さんじゃないのですか」

「信三じゃありません。それは断言できます」

「七恵さんは、やはり秘密を持っている人じゃないですか。……あなたの奥さんの鈴子さんは、七恵さんが産んだ子の父親を知っていそうですか」

「知らないと思います」

課長は腕組みすると、

「もの憶えが早く、根性があって、真面目に働く人だった有馬さんが殺された。犯人はどういう人なのかの見当がついていますか」

「いいえ。見当なんて……」

清春は首を強く振った。

「有馬さんには、親しい女性がいましたか」

「さあ。きいたことがありません」

「女性のいる酒場へ飲みにいく人でしたか」

「いかなかったと思います」

「休みの日は、なにをしているのかをきいたことがありましたか」

「休みの日は、半日寝ていて、午後は本を読んでいるときいたことがあります」

「読書が好きだったようで、部屋の壁ぎわには本が沢山積んであるそうです。どんなものを読んでいたかはこれから調べることにしています。……それから……」

課長はメモに目を落とした。

「もうひとつ、有馬さんが関心を持っていたと思われることがある。それは、志賀之山酒造の祝賀会の夜、大杉家の坪庭で殺されていた猿畠武継さんの事件。有馬さんは、猿畠さんと画家の古屋敷圭介さんが昵懇《じっこん》だったが、二人は金銭的なことで揉めたことがあったとも書いてありました。坪倉さんは古屋敷さんと親しいそうですね」

「いいえ、私は古屋敷さんと親しくはありません。顔見知りですから、道で会ったりすれば挨拶をするぐらいです」

「七恵さんは、古屋敷さんと親しいようですが……」

「信三は、そんなことまで書いていたんですか」

課長はそうだというふうに、手にしているメモと清春の顔を往復させた。

「七恵は、子どもを連れて、何度か古屋敷さんを訪ねていますが、それは彼が描いている絵を見せてもらったり、それから子どもが描いた絵を見てもらいにいっているからのようです」

「七恵さんと古屋敷さんは、特別な間柄では……」

「そういうことはないと思います。……信三は、七恵と古屋敷さんが、特別な関係とでも疑っていたようなことを、書いているんですか」

「二人は、親密らしいと……」

「邪推です。信三は、七恵と古屋敷さんのあいだをそんなふうに見ていたのか」

清春は、意外だったという顔をした。

「有馬さんが、七恵さんに思いを寄せていたのでは……」

課長は清春の目をのぞくような表情をした。

清春は、そうだろうかというふうに、首を右にも左にもかしげた。

「有馬さんと古屋敷さんは、知り合いでしたか」

「知り合いでした。私たちと一緒に上高地へいったこともありますが、特に親しい間柄ではなかったと思います。信三は古屋敷さんのお住まいへ訪ねたこともなかったでしょう。……古屋敷さんに怪しい点でもあるんですか」

「これから調べます。有馬さんと接触したことのある人の身辺は、徹底的に……」

課長はメモを二つにたたんだ。

第五章　霧の日

1

　古屋敷圭介は、六人の僧侶が縦に並んで、霧の道に吸い込まれていく絵を完成させたので、東京の日昭石油へ持参することにした。画面にやわらかい紙をあて、絵を大きい風呂敷に包んだ。圭介は、思いどおりに描くことができたと手応えを感じているが、日昭石油の社長はなんというか。日昭石油は美術館を経営しているくらいだから、社長は大家の作品にも触れているだろうし、美術品を見る目は肥えているにちがいない。

　風呂敷に包んだ絵を壁に立てかけたところへ、「ごめんください」と玄関で男の声がした。箪笥の上で丸くなっていたタロが飛び下りた。

　来訪者は、須坂署の二人の刑事だった。二人の目は吊り上がっていた。

「あなたにうかがいたいことがあります。署へ同行願います」

上条という四十半ばの刑事は怒っているような顔をしていた。

「勝手に決めないでください。私はいまから東京へいくことにしていた」

「東京へ。……重大事件についてききたいことがある。旅行は後まわしにしてください」

二人の刑事の目は殺気立っていた。

「遊びにいくんじゃない。仕事なんです」

「仕事というと……」

「頼まれていた絵が完成したので、それを納めに」

「きょうでなくてもいいでしょ」

上条がいうと、若いほうの矢島刑事が圭介の手をつかむように腕を伸ばした。

「重大事件って、どんな。私は事件なんかには関係ないですよ」

「近所の人が、殺されたんだ。話は署できくので、車に……」

上条は顎を外に向けて反らせた。

抵抗しても勝てないと思ったので、風呂敷を掛けた絵を押入れにしまった。タロは部屋の隅で目を光らせていた。

庭を一歩出たところに黒い車がとまっていた。圭介は二人の刑事にはさまれて車に乗った。いままでにない不安感に襲われた。このままここへはもどれないような気もした。車窓をのぞくと、玄関の前にタロが立っていた。タロのほうも、圭介はもどってこないのではという気がしたのではないか。

署に着くと、二人の刑事にはさまれて小会議室のようなところへ連れていかれた。まるで拘束されているような気がした。

テーブルをはさんで刑事課長が正面へ腰掛けた。

「強引に連れてきて、私からなにをきこうというんですか」

圭介は前にすわった三人の顔をにらんだ。

「坪倉家具店に勤めていた有馬信三さんが殺された」

課長が低い声でいった。

「えっ、殺された。いつですか」

「昨夜です。……あなたは、昨夜の八時ごろから十時ごろのあいだ、どこにいましたか」

「なんだか、私が事件に関係しているみたいないわれかたをされていますが」

「きいたことに答えてください」

課長の声は、部屋の空気を凍らせるように冷たかった。

「絵を見ていました」

「どこで」

「家で外国の絵画集を見ていました」

「どんな絵を見ていたんですか」

「英国のウォーターハウスという画家が描いた『オデュッセウスに杯を差し出すキルケ』という絵。薄布をまとった魔女のキルケが、近づいてくる男たちに酒を与えると、男たちは動物に姿を変えてしまう。魔女の足元には、犠牲になった豚が転がっている」

「あなたは、そういう気味の悪い絵を見るのが好きなんですか」

「画集にその絵が入っていたので、これは物語があるなと思って」

「あなたは、独り暮らしですね」

「ええ」

「では、ゆうべのあなたが、自宅で気味の悪い絵を見ていたのを証明する人はいませんね」

「猫しかいません」

「猫では証明になりません」

「あのう有馬さんは、どこで事件に遭ったんですか」

「住んでいたアパートの近くの川で発見された。……あなたは有馬さんをよく知っていますね」

「よくというほどでは。四月に坪倉さんのご主人と娘さん親子と一緒に上高地へいきました。その旅行には有馬さんも参加していましたので、夜は一緒に酒を飲みながら話をしましたが、親しく話をしたのはそれが初めてでした」

「あなたは、坪倉七恵さんとは親しかったようですが」

「ええ、たまに子どもを連れて、遊びにきてくれます。子どもが絵を描いたといって、見せにきたこともあります」

「それだけですか」

「それだけとは……」

圭介は目に力を込めた。

「特別な間柄ではないかということです」

「特別な……。刑事さんが考えているような間柄ではない。友だちといったらいいでしょう」

課長は、七恵はどんな人かときいた。

「どちらかというと口数の少ない、利発そうな女性です。子どもはまだ幼いが、教育熱心な母親になりそうな気がします」

「七恵さんには夫がいないらしい。結婚したこともないようですが、子どもがいる。なぜ結婚しないのに子どもを産んだのかを、あなたは彼女にきいたことがありますか」

「ありません。結婚するはずだった人が、結婚前に亡くなったんじゃないかと、想像したことがありましたが、それを彼女にきいたことはありません。人にはそれぞれ、いろんな事情があるものですから」

課長は圭介の顔を凝視していたが、

「きょうはこれでお帰りください。またなにかきく必要ができたら話をうかがうことにします。……古屋敷さんは、毎日、自宅で、絵を描いているんですか」

「毎日というわけでは。たまに取材のために出掛けることもありますし……。じつはきょうは東京へいくことになっていたんです」

「東京へは、買い物にでも……」

「頼まれていた絵が完成したので、それを納めにいくつもりでした」

「そうでしたか。……東京はどちらへ……」

「日本橋《にほんばし》の日昭美術館のオーナーの、石油会社の社長のところへ」

「日昭美術館。オーナーの社長」

課長は目を丸くして圭介を見直した。

圭介は、くるりと課長たちに背中を向け、帰宅するので車で送ってもらいたいといった。


自宅の戸を開けると足元へタロがやってきて背中をこすりつけた。圭介は焙ったみりん干しをちぎって、タロに与えた。

東京行きは十月に変更した。

縁側に立って色づきはじめた柿を見ているうちに、はっと気付いたことがあった。押入れにしまっていた老猿の絵を取り出してイーゼルに掛け直した。なにか物足りなさを感じていた絵である。林のなかへ消えていこうとしている年老いた猿だが、死に場所をさがすにしては少しばかり早そうだ。それは女が肌に着けていた物。布を持たせた。それは女が肌に着けていた物。それをつかんで林のなかへ消えようとしたが、人の声か、物音かをきいて振り向こうとしている。

からだが立ち枯れの木のように白くなった猿の絵は寂しげだったが、血のような色の布を持たせたことで、絵全体の品行がいくぶんしぼんだ。だが、猿には生気が吹き込まれた。

彼はその絵をカメラに収めた。

十月になった。雪でも舞いそうな雲の低い日、圭介は布にくるんだ絵を担いで東京駅を降りた。十数分歩いて日昭石油に着いた。

厚いガラスのドアを入ると、二人の女性が立ち上った。二人の目は、灰色の布をかぶせた荷物を担いでいる圭介を訝《いぶか》っていた。社長に会いにきたと告げると、一人は警戒するような顔をした。一人は圭介の名をきいた。古屋敷圭介は画家だが、二人の受付嬢はその名を知るはずがなかった。

「ご案内する者がまいりますので、あちらでお待ちください」

受付嬢は窓ぎわの椅子を指差した。

圭介は布にくるんだ絵を床に置かず、膝の上で抱いていた。
五、六分経つと、細面《ほそおもて》の女性がやってきて、
「ご案内いたします」

といって、エレベーターに乗せた。女性は、話し掛けないで、といっているように顔を伏せていた。

案内された部屋の中央には革張りのソファがあって、壁にはドガの作品と分かるバレリーナの絵が飾られていた。その絵を見ているうちに、自分の絵が見劣りするような気がしてきた。

社長が入ってきた。茶色地に緑色の縞のスーツを着ていた。

「遠方から、わざわざご苦労さまです」

社長はにこにこした。その顔は、早く絵を見せろといっていた。

圭介は、縦一メートル、横五〇センチの絵を包んできた布をゆっくりと剝いだ。絵をテーブルにのせて社長のほうへ向けた。

社長は、「おう、おう」と、まるで吠えるような声を上げた。

盆に茶をのせてきた女性は、テーブルから少し退くと、胸に盆を引き寄せた。

「古屋敷先生が描いてくださったのだ」

女性はまた一歩退がり、絵を食い入るように見て、ぶるっと肩を震わせた。

社長は二人の名を口にして、ここへ呼べと女性にいいつけた。彼女は逃げるように部屋を出ていった。

五分ばかり経つと、紺のスーツの中年男が二人やってきた。専務と秘書課長。二人は絵を見てから、あまり上等でない服装の画家に目を向けた。寒ざむとした絵を見ているせいか、二人は手をすり合わせた。

「あしたは美術館へ、この絵を飾ってもらう」

社長がいうと、専務と秘書課長はうなずいた。

社長は秘書に小切手と白紙の領収書を持ってこさせた。社長と圭介のあいだには値段の取り決めはなかった。小切手に事務器で押された金額を見た圭介は、領収書に署名する手が震えた。予想の倍の額だったからである。

次の日、圭介は日昭美術館の正面に立っていた。午前十一時、彼が描いた「霧の日」は、日昭美術館の二号室に飾られた。その部屋には黒田清輝《くろだせいき》と小出楢重《こいでならしげ》の絵があった。美術の専門教育を受けていない彼は、大家たちから見下ろされているような気がし、身震いを覚えた。が、正面に立って自分の描いた絵を直視した。「霧の日」の最後尾を歩く僧が突いている錫杖の音が、圭介の耳には間近にきこえてきた。

2

圭介は何年ぶりかで日本橋から銀座を経て新橋《しんばし》まで歩いた。途中、和光《わこう》の隣のビルの喫茶店に入った。客が三組入っていたが全員中年女性だった。小布施では見られない風景だ。彼はゆったりと椅子の背にもたれて、女性客の話し声をきいていた。

きょうは夕方、鎌倉で麻生子に会うことになっている。彼女は高校生だ。しばらく会わないうちに変わっただろう。変わるのが成長のあかしだ。

銀座のデパートへ入ってみた。洋服の値段など何年も見ていなかった。コート売り場へ入った。全身を映す鏡の前へ立って、彼はたじろいだ。自分の着ている物は破れていないが、古びて変色していた。

女性店員がコートを手にして近寄ってきた。それの値段は目玉が飛び出るほどだった。彼はこういう場所に入るのは間違いだったと気付いた。

きょうは大金の小切手をポケットにしのばせているのだから、麻生子に洋服の一着も買ってやりたかったが、デパートに入っている自分が落着いていないことに気付いた。

洋菓子店でケーキを買った。それを提げて、麻生子が指定した鎌倉駅の近くの喫茶店へ入った。壁ぎわの席に男女が一組いるだけだった。

十分ばかりすると背中で、「お待たせしました」と、やや高い声がした。

麻生子は白っぽいコートを着て、青いハイヒールを履いていた。高校生らしくなくて、圭介の目には似合っているとは思えなかった。それより、服装について文句をいいたいくらいだった。一年半ばかり会わなかったが、その間にこんなに変わるものかと思った。そして彼女は背中にギターを背負っていた。これも驚きだったので、いつから弾いているのかときいた。

「高校に入る少し前から」

「演奏するグループでもあるのか」

「一回集まったけど、足並みがそろわないみたいだったので、わたしはそれきり集まりにいかなかった。いまはわたしは音楽教室へ通ってるの」

「将来は演奏家になって、舞台に立つのが夢なんだね」

「わたしね、大学を出たらＮＨＫへ入りたいの」

「ほう。目立ちそうな職業だな。なぜＮＨＫなんだ」

「ほかの放送局よりも、いろんな仕事ができそうだから」

「やってみるといい。大学はどこを受けるつもり」

「早稲田《わせだ》。好きなのは明治《めいじ》なんだけど」

話しているうちに、彼女は腕の時計を見て、

「お母さん、圭介さんがくるっていって、お料理をつくっていると思うの。家へいきましょ」

彼女は実の父親の圭介を名で呼んだ。朝子夫婦がそう呼んでいるからだ。

朝子は台所から、

「いらっしゃい。お変わりないようね」

と、ちらりと振り向いた。

「お夕飯をゆっくり摂っていただくから、それまで麻生の相手をしていて」

そういった朝子の後ろ姿は何年も変わっていなかった。

夫の民夫が帰ってきた。彼は圭介より二つ上の四十二歳だが、頭に白い筋が何本か目立ちはじめ、目尻の皺も深くなっていた。

「麻生のギターをきいたことはないでしょ」

民夫は圭介の耳に口を寄せた。

「ありません。さっき喫茶店で、ギターを弾いていることを、初めてきいたんですから」

民夫は冷蔵庫からビールを取り出してきた。

「ある演奏家に麻生のギターのことをききました。本人には話していませんが、その人は麻生のことを特異な才能とほめていました。圭介さんは絵を描く。……二人には芸術家の血が流れているんです」

圭介は、ケーキを食べている麻生子の横顔を見ていたが、なにか弾いてみてくれないかといった。

麻生子は返事をせず、フォークを皿にもどすと唇を舐めて立ち上がった。

自分の部屋からギターを抱えてくると、なにもいわずに弾きはじめた。曲はアメリカのジャズだった。圭介の耳にきき憶えのある曲があった。十曲ぐらい弾くと、

「きょうはこれで」

といって、ギターをつかんで自分の部屋へ消えた。右足をわずかに引きずる。その後ろ姿に、圭介は唇を嚙んだ。

麻生子が戻ってくると、日昭美術館へ絵を納めたというが、それはどんな絵なのかと民夫がきいた。

圭介は、霧の道を六人の僧侶が歩く後ろ姿だと話した。

民夫はグラスを手にして、遠いところを見るような目をしていたが、

「日曜に、日昭美術館へいきます。圭介さんはすごいなあ。日昭美術館に作品が飾られるなんて」

民夫は、ほかにどんな絵を描いたのかをきいた。世辞できいているのではなさそうだったので、善光寺へ納めた「地獄」、お面の寿矢摩へ納めた七つの面の絵と、人が予想もし

ないことに出合って困ったときの表情を、注文によって描いたのを話した。

「風景は描かないんですか」

「山や川を見て、描きたいと思うことはあるが、いざ描こうとすると、面白くなくなってしまう。私にはドラマが湧いてこないんだな」

圭介は、露天風呂に浸っている四匹の猿と、林のなかへ踏み込もうとしているが、なにかの物音でもきいて、振り返ろうとしている老猿を描いた、だが、買い手がついていないと話した。

民夫はどう思ったのか、湯に浸っている四匹の猿と赤い布をつかんだ老猿の絵を見たいといった。

「写真に撮って送りましょうか」

「是非」

民夫は、今度はどんな絵を描くのか、どんな構想を思い付いているのかをきいた。

圭介は、四、五日前からどう描こうかと考えている絵の構想を話した。

「髪が長く伸びた老婆が薄物を着て、這いつくばっている。その正面には小型の虎か大型の猫か区別のつかない縞柄の動物が老婆をにらんでいる。老婆と動物のあいだには、肉片らしい小さな赤い物が置かれている。そのずっと奥のほうでは火が焚《た》かれている」

民夫は圭介の構想を目を瞑ってきいていたが、

「老婆は、動物になにか語り掛けているんですか」

ときいた。

「これを差し上げますので、どうかわたくしを食べないで、と」

麻生子は笑ったが、民夫は目を閉じたままだった。

ビールを飲みながら、黙って圭介と民夫の話をきいていた朝子が、

「思い出した。きのう、菊村監督が電話をくれたの」

「えっ。菊村監督って、『夜の市長』っていう映画を撮って、外国のなんとか賞をとった監督でしょ。お母さん、菊村監督と知り合いだったの」

麻生子は丸い目を朝子に向けた。

「昔、大部屋時代からね。そのころの菊村さんは山下恵造《やましたけいぞう》監督の助手をつとめていた」

「菊村監督の用事は……」

「小料理屋の女将の役を演《や》らないかっていわれた」

「お母さん、映画に出るの」

「断わったわよ。小料理屋の女将の役を演れる人なんて、山のようにいるはず。わたしは映画にも出たくないし、自分の姿を観たくもない」

民夫と同い歳の朝子だが、ビールを飲んだからか眠たそうな目をした。

民夫は酒好きらしく、ウイスキーのびんとグラスを二つ持ってきた。

「いまにお父さん、歌をうたうよ」

麻生子が真顔でいった。

「うちの下請けをしている部品メーカーの社長は、美術好きで、勿論《もちろん》模写でしょうが、北斎や歌麿《うたまろ》の浮世絵のほかに、ピカソやマネやゴッホの絵を持っていて、自宅の食堂の壁に並べています。その人に圭介さんのことを話してみましょうか」

民夫は赤い目をして話した。

圭介は、話してくれといった。

民夫は歌をうたわなかったが、「絵が描けるって、いいな」と肩を揺らしながら繰り返した。彼は自動車販売会社の営業部署に勤めていて、課長補佐になったばかりだ。

圭介は、板谷家に泊まり、朝食を家族と一緒に摂った。朝子の食事の細いのが気になったので、民夫と麻生子が出掛けたあとで、食欲がないのかときいた。

「時間になるとなにかを食べたくはなるんだけど、食べたあと、胃がむかむかする日があるの」

といって胃のあたりをさすった。

「一度、大きい病院で検査を受けたほうがいい」

「そうします」

と答えた朝子の声は消えそうだった。

鎌倉へきたのだからと、大船撮影所へ高梨善市を訪ねることにした。

門衛に断わって、大道具をつくっている部署へ近寄ったところ、後ろから声が掛かった。

高梨が圭介を見つけたのだった。

なにをつくっているのかと、物を叩く音のほうを向いた。

「時代ものの長屋だよ。あっちこっちが傷んでいるんで、直しているんだ」

帽子をあみだにかぶった高梨は少し太っていた。腹を見ながらそれをいうと、

「医者から気をつけろっていわれているんだ。血圧も高めだし」

そういいながら高梨はタバコに火をつけた。

絵のほうはどうだ、と高梨にきかれたので、日昭美術館に買い上げてもらったと圭介は答えた。

「そりゃ、すごい。どんな絵なんだ」

「日昭石油の社長が考えた構図で、六人の僧侶が縦に並んで、霧の道に消えていく後ろ姿です」

圭介が話すと、高梨は目を瞑った。黒い衣の僧侶の列を想像しているようだった。

高梨とは所内の食堂でお茶を飲んだだけで別れた。

上野《うえの》から乗った列車で少しまどろんで目を開けた。列車は千枚田《せんまいだ》の広がる関東の大平野を走っていた。やがて群馬の山々が見えはじめ、長いトンネルへ入った。

上野駅で買った弁当を膝に開いた。ご飯は冷たくて固くなっていた。コブ巻きを口に入れたとき、突如、朝子の顔が目の裡に浮かんだ。昨夜の彼女は、ビールを飲んで眠そうな顔をしていたが、ほとんど喋らなかったのを思い出した。次に目に映ったのは麻生子の青いハイヒールとギターだった。彼女は地味な朝子と民夫に育てられているが、派手好きなのではないか。白っぽいコートといい踵《かかと》の高い青い靴といい、どこかちぐはぐな印象があった。

3

鎌倉からもどって十日が経った。縁側の障子に薄陽があたっている。庭に雀がきているらしく、小さな声がきこえ小さな影がちらちらと障子に映っている。タロは背中に薄陽を浴びながら薄目を開けている。

圭介は、北斎の「百物語　さらやしき」を三、四十分前から見ている。皿を割った無実の罪で殺され、井戸に投げ込まれた腰元・お菊《きく》の霊が、夜ごと皿を数えに現れる場面を描いた絵である。蒼白の顔に髪は長い。その髪に皿がいくつもつながっている。

彼は北斎の絵を伏せると、画用紙にラフを描いた。痩せた老婆と猫にしては大きすぎる動物とが向かい合っている。鎌倉で板谷民夫に話した構図だ。

電話が鳴った。東京の松市宗徳《まついちむねのり》という者で、板谷から圭介のことをきいて、日昭美術館で「霧の日」を観てきたのだといった。

「お描きになったものが、お手許《てもと》にありましたら拝見したいのですが、ご都合はいかがでしょうか」

太い声の男は丁寧ないいかたをした。そして、小布施という町を見て歩きたいともいった。

圭介は、ぜひお出掛けくださいと答えた。

「ありがとうございます。それでは明後日に、家内と一緒にお邪魔いたします」

圭介は松市を六十代ぐらいだろうと見当をつけた。

電話を終えると彼は、明後日が好天でありますようにと祈った。

彼の祈願は通じて、その日は曇りから晴れに変わった。

圭介は畳に正座して、まず痩せた垂れ目の老婆を描いた。茶色の髪は背中をおおうほど長くし、白髪を入れた。背中を丸くして床に手をつく格好を描くと、着ている物の柄をどうしようかと、目を瞑って考えた。

タロが、腹がへったのでなにか食わしてといって、背中をすり寄せてきた。

昼食をすませたところへ、「ごめんください」という男の太い声がした。松市宗徳と妻だった。想像したとおり松市は六十代半ばだったが、妻は四十代に見えた。松市は濃紺、妻はベージュのコートを着ていた。

妻は猫が好きらしく、タロの頭を撫でようとしたが、タロはすくっと立って押入れの前へうずくまった。

「一時間ばかり小布施の町を見て歩いてみましたが、小ぢんまりとしたきれいなところですね。だいいち高い建物がないのがいい」

松市がいった。妻が三越《みつこし》の包装紙の四角い物を圭介の前へ差し出した。彼女のその手は白く、指にはダイヤモンドが輝いていた。

「先生は、お独りなんですか」

妻がきいた。

「はい。猫がいるだけです」

妻は、失礼なことをきいたと反省しているように目を伏せた。

「早速、ご覧に入れましょう」

圭介は、露天風呂に浸っている四匹の猿と、真っ赤な布をつかんで林に入ろうとしている老猿の絵を押入れから取り出した。

妻は、絵を見たとたんに、「はっ」とか「わっ」と小さな声を出して口に手をあてた。

松市は腕を組んだ。二点の猿の絵を、穴があくほどじっと見ていた。

「日昭美術館で拝見した僧侶の絵はいいが、家に飾る絵ではない。だがこの絵なら……」

といって松市が指差したのは四匹の猿のほうだった。もう一点の老猿のほうは、真っ赤な布を手ににぎらせているのがまずかったようだ。

松市は、湯浴みの猿の絵を買い取ってくれた。

松市夫婦は、長野で一泊し、善光寺参りをして帰るつもりだといったので、圭介は参道のお面の店である寿矢摩をのぞいてくださいといった。

「その店には、なにか……」

「私が描いた七つの面の絵が飾ってあります」

「面白そうだ、ぜひ」

夫婦はうなずいた。ここは絵を描いて暮らすには絶好の環境だと二人はいって帰った。

圭介は、栗駒堂の栗羊羹を妻に持たせ、志賀之山酒造の黒板塀を背にして、二人を見送った。

師走に入った。志賀之山酒造の若い従業員が、

「きょうは十一時から、餅搗《もちつ》きをしますので、ひまだったらお出掛けください」

と告げにきてくれた。

「ひまなんかない」

圭介は笑いながらいった。

餅搗きときいて古里の生田を思い出した。毎年、大晦日《みそか》に近い二十七日か二十八日に家

の庭に臼《うす》を据えて餅を搗いた。テカテカ光って湯気を上げている搗きたての餅をちぎって、餡こや黄な粉で包んで立ったまま食べた日があった。

酒造所の中庭には十人ぐらいが集まっていた。若い男が二人、鉢巻きをしていた。赤いたすきをかけている女性が三人いた。

ふた臼搗き上がったところで、

「古屋敷先生にも搗いてもらえ」

と、大杉会長が椅子にすわったままいった。

圭介はひと臼搗いて汗をかいた。

餅をもらって帰ると電話が鳴っていた。あわてて受話器を上げた。

相手は鎌倉の麻生子だった。彼女からの電話は珍しい。彼女は「圭介さん」と、小さい声で呼んだ。

「どうした。なにかあったのか」

「お母さん、手術することになったの」

麻生子は涙声だった。

「手術……。どこが悪いんだ」

「胃ガンなの。お腹を開いて、胃を切るらしいの」

「手術は、いつなんだ」

「十二月十八日だって。その前に入院しなくては……」

白いコートを着て、青いハイヒールを履いて、ギターを背負った女の子とは思えない幼い声で、麻生子は泣いた。

「私は見舞いにいく。おまえは、しっかりしていなくては」

圭介はいったが、その声は震えた。

彼は、怪猫《かいびょう》のような動物と向かい合っている老婆の絵など、描いていられなくなった。

押入れから旅行鞄を取り出したが、落着いていられなくなり、縁側のほうを向いて手を合わせた。

翌朝、早起きすると、タロを抱いて大杉家へあずけにいった。タロは板の間の隅にうずくまって目を光らせた。

圭介は、列車を乗り継いで鎌倉に着いた。

板谷家の玄関で声を掛けると、台所にいたらしい朝子がタオルを手にして出てきた。

「あら……」

二か月と経たないうちにあらわれた圭介を見た彼女は、怪訝《けげん》そうな顔をした。

「きのう、麻生子が電話をよこしたんだ」

「あのコ、なんにもいわなかった」

「胃を手術するらしいが……」

きのう内視鏡検査を受けた結果、胃の二か所にガンが見つかったのだという。

この前会ったとき、少し痩せたなとは見ていたが、圭介は彼女に健康状態を詳しく尋ねなかったような気がする。それを反省していると、

「手術するときいて板谷もびっくりしてた。生命《いのち》に別状のない手術だから……」

そういった彼女の声は細かった。

「あなた、四十になったんでしょ」

「なんだ。急に……」

「縁談《はなし》はないの」

「ない。私にその気がないからだろう」

「ずっと独りでいるつもりなの」

「独りでもかまわないと思っている。絵を描いていると、歳のことも、身辺のことも考えない。気が付いたら七十になっているかもしれない」

圭介は笑ったが、朝子は眉を寄せた。彼女は実の姉のように彼の暮らしを気にかけているようだった。

彼は板谷の家へ一泊して小布施へもどった。

朝子の白い顔を思い浮かべながらタロの頭を撫でていた。

松市宗徳が電話をよこした。

「先生。鬼や猿の絵も面白いですが、一般家庭の茶の間に飾ることができる絵を描いていただきたいのです。たとえば……」

松市は自分が発想した構図を話した。それは、小布施の家並みの道を、猫がゆっくりと横切っている。

「自動車も自転車も入っていない。眠たくなるような春の日中。……いかがでしょう」

松市は熱心ないいかたをした。

「小布施へきたことのある人が、一目見ただけで小布施だと分かる風景がいいでしょうね」

「そうしてください」

圭介の目には、栗羊羹を売る店が左端に入る構図が浮かんだ。道路の中央を横断する猫は黒がいいか、白がいいか、ブチにするかを考えた。

十二月十八日。圭介は学校を休んだ麻生子と、病院の冷たい長椅子にすわっていた。民夫はいったん会社に出るが、あとで病院へ駆けつけてくることになっているという。

朝子は、三十分ほど前にストレッチャーに乗せられて手術室へ運ばれた。麻生子は小さい声で、「お母さん」と二度呼んだ。

手術には三時間近くを要すると説明されていたというが、約一時間後に担当医師が出てきて、廊下で白衣の人と立ち話をしていた。民夫と麻生子と圭介は顔を見合わせると、手術室の前へ走っていった。

医師の表情は曇っていた。

「お腹を開いて診ましたら、ガンは胃だけでなく、肺と肝臓にも転移していました。それで胃の一部を切除する予定を変更して、お腹を閉じることにしました」

麻生子は、めまいを起こしたように民夫の肩に額を押しつけた。

医師の説明だと、これから病気の進行は早くなり、半年ぐらいで動けなくなるだろう。今回はいったん退院するが、二、三か月後には入院したいと本人はいい出すだろうから、患者の希望をきくように、といった。

「家内には、なんて話したらいいでしょうか」

民夫は四十代の医師にしがみつくようにきいた。

「胃の悪い部分を切除したとおっしゃったらどうでしょう。症状を正確に説明しないほうがいいと思います」

医師と家族は、患者を騙《だま》すということか。

圭介は、民夫と麻生子の後ろで医師の説明をきくと背中を向けた。朝子の不運を呪っていた。

小布施へもどった圭介は、ベッドで目を瞑っていた朝子を思い出すと、仕事がすすまなくなるのだった。タロの白い髭を引っ張ったり、指を噛ませたりしながら、茶碗酒をチビリチビリ飲《や》っていた。

「夜分にお邪魔します」

男の声がした。珍しい来客だった。栗駒堂主人の池戸貫治《かんじ》である。毎日、光った頭に白い帽子をかぶっている五十男だ。

「先生に、あらたまって、お話ししたいことがあって」

池戸は圭介の前へ正座した。圭介は盆にぐい呑みを置いて酒を注いだ。

「先生は、毎晩、これを召し上がっておいでですか」

「ほとんど毎晩。この茶碗に二杯飲むと眠くなる」

「いま、何杯目ですか」

「飲みはじめたところです」

「では、お話しします。大事なお話ですので」

池戸は真剣な顔をした。圭介は、有馬信三の事件に関することではないかと思い、すわり直した。

「じつは縁談なんです。私の親戚から頼まれまして、適当な人はいないだろうかと。……結婚を望んでいる女性は四十歳です。その人の父親が多忙な人なんで、その人は父親の秘書をつとめています。娘が四十歳になったことに父親は気付いて、解放する気になったんです。……親戚から話をきいたとき、すぐに古屋敷先生を思いついたので、身上書を送るようにといっておきましたら、本日」

池戸は白い封筒を圭介の前へ置いた。

圭介は釣り書きを封筒から抜いた。封筒よりひとまわり小さい袋があった。それの中身は写真だった。やや面長の目鼻立ちのととのった女性は四十歳というが、いくつか若く見えた。氏名は郡山《こおりやま》美登里《みどり》。郡山大五郎《だいごろう》・みつえの長女。

経歴＝教都《きようと》大学文学部卒業　日京《にっきよう》生命保険会社に約三年間勤務の後、父・大五郎のもとで秘書として勤務。

係累＝父大五郎は、東京大学工学部教授、国鉄高崎《たかさき》機関区機関長。妹・玉子《たまこ》の夫大林《おおばやし》直人《なおと》は、衆議院議員で官房副長官。妹・可世子《かよこ》の夫・岸本兼光《きしもとかねみつ》は、群馬県県議会議員。妹・春美《はるみ》の夫・金山浩一《かねやまこういち》は、明日香《あすか》工業《こうぎよう》副社長。妹・綾乃《あやの》の夫・池ノ上誠《いけのうえまこと》は、明星《みようじよう》病院院長。妹・郡山いつみはバレリーナ。

「なんというきらびやかな一族」

圭介は驚いて、あんぐりと口を開けた。

「四十歳という点が、気に入りませんか」

池戸は圭介の顔をのぞいた。

「本人の経歴も……。それから四人の妹たちの夫の現職。……私は小学校しかいっていない。最近になって少しばかり絵が売れるようになったが、なんの賞も受けていない。そんな者が、東大教授の長女の夫になんかなれますか」

圭介は、美登里という人の妹たちの夫と釣り合いがとれない、といった。

「私は、古屋敷先生のことを先方に、絵描きさんで、善光寺からも絵の注文を受けたことがあると話しました。先方は先生を気に入ったのでこれを送ってよこしたんです」

「私を、伊那の生田村の貧乏な農家の倅《せがれ》だと話しましたか」

「いいえ。詳しいことは……」

「美登里という人はたぶん、絵描きなら美術学校でも出ているのだろうと思っているんじゃないかな」

「そうでしょうか」

「そうにちがいない」

「まあ考えてください」

池戸は、ぐい呑みを手にして六畳間を見まわした。部屋の隅にイーゼルが立てかけてある。それの前でタロがあくびをした。池戸は、殺風景な部屋だと感じていることだろう。

4

次の日の夜、圭介は、志賀之山酒造会長の大杉光彦を自宅に訪ねた。会長には来客があったが、

「知らない方ではありませんので、どうぞお上がりください」

と老妻にいわれた。応接間へ通された。日本酒ではなくて赤ワインを飲んでいた相手は、町長の岩間茂秋だった。

「先生も一杯どうぞ」

会長はカットグラスにドイツ産だというワインを注いだ。甘くて渋かった。

「この歳になって恥ずかしいことですが、池戸さんが私に、縁談を持ち掛けてくださいました」

圭介はいった。

「恥ずかしいことじゃない。いままで縁談がなかったのが、不思議なくらいだ」

会長は、相手はどういう人かときいたので、昨夜、池戸からあずかった釣り書きを見せた。

「ほう。娘が六人。四人は偉い人のところへ」

会長はいって、釣り書きを町長に見せた。

町長も唸り声を洩らした。

「先生は、この人に会っていないんですね」

会長がきいた。

「ええ。釣り書きを見ただけです」

「郡山美登里という女性に、会ってみたくなりましたか」

「いいえ。そんな気は……」

圭介はいって会長と町長の顔を見比べた。

「この縁談はお断わりになったほうがいい。この人ともし結婚したとしたら、毎日、絵を描いていられなくなりますよ」

「どうしてでしょうか」

「係累の方がたはみな要職に就いている。したがってさまざまな催し事に参加しなくてはならない。この方がたの係累も同じように要職に就いている方がいるでしょう。親戚縁者になった場合、先生もあちこちの催し事に顔を出さなくてはなりません。そうなったら、好きな絵を描いたり、猫の頭を撫でたりなんか、していられませんよ」

町長も、「そうだ、そのとおりだ」というふうに首を動かした。

圭介はふと気付いたことがある。この釣り書きは何人かに配られている可能性がある。

郡山美登里との結婚を希望する人が複数いたとしたら、どういうことが起きるのだろうか。圭介は、あすにでも釣り書きを池戸に返すことにした。

圭介は新雪を踏んで栗駒堂へ向かっていた。坪倉家具店の前では七恵が雪を掃いていた。片方の足をわずかに引きずる彼女を見て、彼の目には実の娘の麻生子が映った。麻生子は故意の轢き逃げに遭って重傷を負い、少し右足を引きずるという事件の痕跡を背負っている。七恵のほうは戦争の禍根を残している。

池戸は、きょうも白い帽子を頭にのせて仕事をしていた。

「折角のお話でしたが、身の程を考えると、この方とは……」

圭介は、酒造所の会長と町長に相談したとはいわず、釣り書きを返した。

「そうですか。私はいい縁談《おはなし》だと思いましたが」

池戸が残念そうな顔をしたところへ、女将の花子が顔をのぞかせて手招きした。いかにも内緒話をするといった格好だった。

「けさ、坪倉さんの前へ警察の車がきて、鈴子さんを連れていきましたよ」

「鈴子さんを……」

「有馬信三さんの事件に関係があるんじゃないでしょうか」

花子は拝むように手を合わせた。

圭介は、そうだろうといってうなずいた。

「有馬さんが殺された晩、鈴子さんは七恵さんに、栗駒堂へいってくるっていって、家を出たらしいの。ところがその日、鈴子さんはうちへはきていなかった。それで警察は鈴子さんを……」

花子は、密やかないいかたをした。

有馬が殺された夜、鈴子が外出したのはたしからしい。栗駒堂へいくといって家を出た鈴子はいったいどこへいったのか。栗駒堂へいくつもりだったが、なにかを思い付いてべつのところへいったのではないか。

もしかしたら警察は、有馬を殺したのは鈴子ではとにらんだのだろうか。その晩の有馬は納品先で酒を飲んで酔っていた。それで清春がリヤカーを曳いて帰宅した。

自宅のアパートへ向かっていた有馬を、鈴子は待ちかまえていて、石を拾って彼の頭を殴ったのか。そうだとすると、彼女の動機はなんだったのか。有馬はおとなしい男だったらしい。もの憶えも早く、真面目に働いていた。そういう男を、鈴子が殺したのだとしたら、彼女にはどういう理由があったのだろうか。

次の日の朝は冷え込んだ。道の端に積もっている雪が朝陽をはね返してキラキラ光っている。圭介は凍った雪を踏んで散歩した。

彼の散歩を待っていたように、栗駒堂の池戸花子が店の横から顔をのぞかせて、圭介を手招きした。

「きのうの朝、鈴子さんは警察へ連れていかれたけど、昼すぎにはもどってきました。今度は七恵さんが呼ばれていきました。有馬さんの事件のことをきかれているんじゃないかと思います。警察は二人を有馬さんの事件に関係があるんじゃないかって、にらんでいるのかしら」

花子は、圭介の反応をうかがうような表情をしたが、彼は首をかしげただけだった。

「お茶を一杯、召し上がっていきませんか」

「いや。またお邪魔します」

彼はそういって花子の前をはなれたが、警察が鈴子と七恵に事情をきいている点が気になった。

彼は直線道路を二〇〇メートルほど歩いたところで振り返った。雪を掻き寄せているので道路はせまく見えた。左端に栗駒堂があり、その先が白壁の土蔵で、その先は志賀之山酒造の黒板塀だ。道路の反対側には武家屋敷のような門構えの瓦葺《ぶ》きの平屋が二軒並んでいる。部品メーカー社長の松市の注文は、その道路を悠然と渡る猫を描けということだった。彼はいったん帰ると画用紙を抱えてもどり、酒造所や武家屋敷のような建物をスケッチした。松市は、眠たくなるような春の日の風景が好ましいといっていた。

二月になって大雪の日があった。屋根に積もった雪が音を立てて庭へ落ちた。縁側のガラス越しに、タロと並んで落ちた雪を見ているうちに朝子の蒼白い顔が浮かんだ。

「からだの調子は……」

圭介が電話できいた。

「この一か月ぐらいのあいだに、また痩せたわ」

「食事は……」

「朝と晩は食べるけど、少ししか食べられないの」

「食欲がないのか」

「そうなの。何時間経っても、物を食べたくならないの。脳がおかしくなったんじゃないかしら」

「そういうことはないと思うが」

彼女のからだに巣くった病根は、確実に進行しているのではないか。圭介は、できるだけ彼女の病気に話を触れないことにして電話を切った。「わたしのからだ、元のようになるのかしら」といわれそうな気がした。

次の日、麻生子が電話をよこした。公衆電話から掛けているという。

「わたし、毎日が恐くて」

「恐い……」

「お母さん、どんどん痩せていくのよ」

そういう母を見ているのは、たしかに恐いだろう。圭介は、麻生子を慰める言葉を知らなかった。

栗駒堂の花子によると、七恵は二、三度警察へ呼ばれ、そのたびに夕方もどってきたという。有馬信三が殺された事件に、彼女はなんらかの関係がありそうだとにらまれているらしい。

圭介は散歩の途中で、坪倉家具店をガラス越しにのぞいている。仕事は忙しいらしく、清春はいつも鉋を使っているし、鑿の頭を叩いているが、その音がなんとなく寂しげだ。有馬の事件に関して、清春も当然警察に呼ばれているだろう。

家族全員が警察ににらまれている。坪倉家の人たちは、家が崩壊していく夢を見る夜がありそうだ。

有馬の事件以来、七恵は幸帆を連れて圭介を訪ねてこなくなった。幸帆がどんな絵を描いているのかを知りたくなったので、圭介は、桜が咲きはじめた日、「こんにちは」と、坪倉家具店のガラス戸を開けた。清春は鋸を持っていた手を休めて、にこりとした。

「最近、七恵さんはわが家へ寄ってくれないので……」

「そうでしたか」

清春は道具を足元へ置くと、七恵を呼んだ。

すぐに返事があって、七恵が顔をのぞかせた。その顔を見た瞬間、圭介は、はっとして拳をにぎった。七恵の顔が痩せ、いくつも歳を重ねたように見えたからだ。

幸帆が出てきたので、どんな絵を描いたのかをきいてみた。すると彼女は奥へ引っ込んで、画用紙に描いた絵を持ってきた。

画用紙三枚に猫と思われる動物を描いていた。絵本を見て描いたというが、一枚は白黒のブチを、画面に大きく描いていた。二枚目は二匹の猫がにらみ合っているらしく、一匹は前脚を上げていた。圭介が驚いたのは三枚目。白や黒や縞の猫が五、六匹、じゃれ合っているのか喧嘩をしているのか、もつれ合うように描かれていた。絵本を真似て描いたのではなく、彼女の想像の絵であって、どれにも躍動感があった。

「天才だ」

圭介がいうと、七恵は笑ったが、清春は首をかしげていた。奥の部屋で小さな物音がしているので、鈴子がいるようだったが、圭介の前へは出てこなかった。

5

六月、小布施町を舞台にした映画が封切られた。圭介は長野市内の映画館へ入った。観客は八割がた席を埋めていた。

美術監督の高梨善市も通行人を演《や》っていた。実物よりも老けて見えた。

帰りに、以前、猿畠に誘われて飲んだカウンターバーを思い出して入った。男女の客が二組。ひそひそ話をしていた。

圭介はカウンターの端の椅子にすわった。マスターは彼を記憶していて、「しばらくです」といってから、

「猿畠さんは、とんだ目にお遭いになったんですね」

と、低声でいった。

「そうです。気の毒でした」

「先生は、猿畠さんと、お親しかったんでしょ」

「ええ。まあ……」

圭介は曖昧な返事をした。

「犯人はまだ挙がっていないようですが」

「警察は慎重に調べているにちがいない」

「顔の広い人だったようですから……」

マスターは語尾を消し、圭介に水割りをつくった。


翌日、小布施の町の平穏な風景を描くために、スケッチを見直した。

電話が鳴った。なぜか胸騒ぎを覚えた。

鎌倉の麻生子からだった。

「けさ、お母さん、台所で倒れたの」

「倒れた……」

「救急車を呼んで、病院へ運んでもらったの。……意識はあるけど、わたしの名を呼んでるだけで、ちゃんとした会話はできないみたい」

「それは心配だ。民夫さんは……」

「さっきまで病院にいたけど、仕事があるっていって、会社へ帰ったみたい」

圭介は、あした病院を訪ねるといって電話を終えた。朝子の病状は悪化へ向かっているらしい。

朝子は個室に入っていた。彼女の寝顔を圭介は十分ばかり見ていた。

目を開けた彼女は、

「きてくれたの」

といって腕を伸ばし、枕の上で首をゆるく横に振った。その顔は、「わたしはよくならないらしい」といっていた。

圭介は返す言葉に詰まった。

「圭介さんは、立派な画家になれて、よかった」

彼女は薄目を天井に向けていった。

「立派だなんて。まだまだだ」

「好きなことを職業にできたんだから、幸せよね」

麻生子が学校から帰ってきた。高校生なのに疲れた顔をしていた。医師は、十日間ほど入院してもらうといったという。

しかし朝子は回復しなかった。固形物をまったく口にせず、点滴だけで生命をつないでいた。

夏がやってきた。麻生子はときどき朝子のベッドの横に毛布を敷いて、添い寝しているといったが、

「お母さん、夜中にうわ言をいってる」

と電話でいった。

「どんなことをいっているんだ」

「分かんない。なんなのってきいても、返事しない」

圭介は居たたまれなくなって、鎌倉の病院へ駆けつけた。胸にも背中にも汗を感じた。

彼を見ると朝子は顔をゆがめた。微笑したのだった。これまでは圭介を見ると腕を伸ばしてきた朝子だったが、毛布を首まで引き上げて天井を向いていた。点滴が十秒おきぐらら

いに管のなかを落ちていく。「外はきょうも寒いの」ときかれて、ぞっとした。

朝子がかすかな声で圭介を呼んだ。彼は彼女の顔へ耳を近づけた。

「桃を食べたい」

物を食べたくなったというのは、いいことではないか。医師に、桃を与えてよいかをきいた。

「食べたいといったら、それをあげてください」

医師は即答した。

圭介は病院の外へ走った、桃をひとつ買って、朝子に見せてから爪で皮をむき、やわらかい実をちぎって口に入れてやった。彼女は口を動かした。「旨いか」ときいたが返事をしなかった。もうひと切れ口に入れてやろうとしたが、彼女は嫌がった。彼は手づかみで甘い桃を食べた。

朝子は桃を食べなかった、と医師にいうと、うなずいただけだった。

次の日の午後、朝子は、「ぎょうざを食べたい」といった。

圭介は看護師に、ぎょうざを売っている店をきいて、走った。その店で一人前というと五個包んでくれた。

「ほら、ぎょうざだよ。口を開けて」

彼はぎょうざの皮をちぎって、細く開けた朝子の唇へ入れた。口を何度か動かした彼女は食べた物を吐き出そうとした。

桃やぎょうざを食べたいといったのは、健康なときの妄想だったにちがいない。

夕方、病室へやってきた民夫と麻生子に、あしたはなにを食べたいというだろうか、と話しているところへ、メガネを掛けた中年の看護師が近寄ってきて、

「ご家族は、今夜はお帰りにならないでください」

と、キツい目をしていった。朝子は今夜が峠だという。

「お父さん」

麻生子は民夫の背中に抱きついた。

彼女は幼いときに母親に死なれ、育ての母がまたこの世を去る。不運な星の下に生まれた女としかいいようがない。圭介は、息をしているのかしていないのか分からない朝子の顔を見ているうちに、子どものころに小川で死んだ妹を思い出した。妹は継ぎはぎだらけの物を着て遊んでいた。丸顔で頰が赤かった。猫が好きで、いつも猫を抱いていたのを憶えている。

民夫と麻生子と圭介は、朝子のベッドのまわりに椅子を置いて眠った。圭介は、夜中に目を開けるたびに朝子の顔をのぞいた。点滴は規則正しく管のなかを流れている。朝子のからだはベッドに吸いついたようで、身動きをしなかった。

彼女は、にわか雨が上がった夕方、なにもいわずに息を引き取った。

大船撮影所に勤めている朝子の妹が駆けつけた。彼女は、冷たくなった姉の手を両手に包んで、しばらく動かなかった。

民夫は、カップ酒を綿にひたして、朝子の唇へ運んだ。健康なときの彼女は、寝る前にカップ酒を一杯飲んでいたという。四十三歳の生涯であった。

第六章　氷解

1

七月の薄曇りの日中。体格のすぐれた外国人の男女の十四、五人が小布施町へ北斎の絵を見学にやってきた。のちに北斎館が建設されるが、当時は高井家の計らいで、絵を見学したい人には見せていた。外国人にはガイドか通訳らしい女性が一人ついている。その女性は日本人のように見えた。

七恵は四歳になった幸帆の手をつないで外国人の団体を見ていた。

四十歳ぐらいだろうと思われる茶髪の長身の男が、団体に向かってなにかをさかんに話していた。北斎の作品と画業を説明しているらしかった。男は、大学教授か評論家で、北斎を研究している人だろうと七恵は想像して、男のほうを向いて立っていた。七恵がその場をはなれられなかったのは、団体に向かって手ぶりをまじえて北斎の作品を説明しているらしい男に、どこかで会ったことがあったような気がしたからだ。男はときどき笑いながら話し、団体を笑わせていた。

「たしかあの人に、どこかで会ったことがある」

七恵はつぶやいた。外国人に知り合いはいないのに、なぜ男の顔に見憶えがあるのだろうか。彼女は額に手をあてたり、首を左右にかしげていた。

幸帆はあくびをし、同じ場所に立っているのに飽きてか、七恵の手を引っ張った。しかし七恵は根が生えたようにその場をはなれられなかった。

彼女は通訳らしい女性に近寄って頭を下げた。通訳らしい女性は胸に［M・KIMURA］という名札を付けていた。

「お願いがあります」

「はい。なんでしょう」

KIMURAはにこやかな顔をした。

「あのう、北斎の絵を説明なさっている男の方は、これまでに日本にきたことがあるのでしょうか」

「あると思います。日本語は流暢《りゅうちょう》ですし」

「いつ日本にきたのかを、きいていただきたいのですが……」

「いいでしょう」

彼女は背中を向けた。
四、五分後、長身の男が七恵の前へやってきた。
「私はマーク・エリオットといいますが、私になにかご用でしょうか」

男の声には張りがあった。

「わたしの名は、坪倉七恵です。……あなたは日本に何回もきたことがあるんですか」

「あります。私はアメリカ空軍の兵士でした。戦争中は、戦闘機に乗っていました。不幸なことですが、日本を攻撃するために何回もきていました」

「名古屋市を攻撃したことがありましたか」

「名古屋市……。ああ、ありましたね。たしか二回、いっています」

七恵は一瞬だが目を瞑った。めまいをもよおしたように、周りの風景が回転した。

「あなたは戦闘機に乗っていて、人を撃ちましたか」

「戦争ですから、攻撃しました」

七恵は幸帆の手をにぎり直し、少し足を開いてしっかりと立った。

「名古屋市で、少女を撃ったことがありましたか」

「少女を……。そんなことは憶えていません」

七恵の目の裡に帽子をかぶり、機関銃を向けた男の顔が大写しになった。

「あなたは、あなたは、わたしを……」

七恵はそういったところで、コンクリートの上へ両膝を突いた。

「お母さん」

幸帆が抱きついた。通行人の女性が二人、七恵を立たせてくれた。お医者さんに診てもらったほうがといった人もいた。

マーク・エリオットと名乗った男は、七恵の視界から消えていた。

七恵は、高井家の玄関脇のベンチに腰掛けた。付近の建物も道路も歩く人たちも、揺れて回転していた。

外国人の団体が通訳を先頭に建物から出てきた。七恵はベンチを立つと、団体の最後尾にいるマーク・エリオットに近づいた。

「まだ、私に用があるのか」

エリオットは唾を飛ばした。

「話をきいてください。……あなたは戦闘機に乗っていて、機関銃を手にしていた。わたしはなにも手にしていない、薄いシャツを着、リュックを背負っているだけの少女でした。そういう者をあなたは機関銃で撃ち殺そうとした。……あなたは戦争だというけれど、刃物ひとつ持っていない人を、男でも女でも赤子でも、あなたは撃ち殺す人間だったんですね」

七恵は吠えるようないいかたをした。

エリオットは彼女を見下ろすと、地面を蹴るような足音をさせて去っていった。

七恵の頭のなかでは轟音《ごうおん》が渦を巻いていた。ベンチに腰掛け、両手で頭を抱えた。幸帆は七恵の異状に気付いたらしく、ベンチにすわると七恵の腰に腕をまわした。

薄くてぼんやりとしていた映像に焦点が合ったように、鮮明になった。写った映像は囲炉裏端だった。大人の男の右と左に少年と少女が、燃える火をじっと見ている。鉤の手の位置に大人の女がいる。囲炉裏をはさんだ正面に年老いた男と女がすわっている。その映像が大きくなって七恵の前へ迫ってきた。彼女は頭を抱えて叫んだ。歩いている人が足をとめた。

「わたしの名字は、笛木《ふえき》で、名は瞳《ひとみ》だった」

彼女の前へ立ちどまった人は、首をかしげて去っていった。

「わたしは、笛木瞳。わたしには父と母と兄がいた。四人は老夫婦の家に同居していた……」

七恵は幸帆の手をにぎって家へ帰った。鈴子は台所で煮物をしていた。作業場からは鉋で木をけずる音がする。

「頭が痛い」

七恵は幸帆を鈴子にあずけると、二階へ上がって寝床に横になった。

走馬灯のようにさまざまな絵が大写しになった。ある時から飛び去っていた思い出が、一挙にもどってきた。

笛木瞳は、父笛木重雄《しげお》と母百合乃《ゆりの》と兄健一郎《けんいちろう》と、名古屋市熱田区《あつたく》に住んでいた。戦争が激化して名古屋も米軍による空襲を受けるようになったことから、笛木一家は、知り合いを頼って転居した。そこが長野県南安曇郡豊科町だった。一家が身を寄せたのは花岡《はなおか》という農家。花岡家には二十代の息子が二人いたが、二人とも兵隊にとられ、戦地へ赴いていた。

重雄は帽子をかぶって花岡家の畑で農作業を手伝っていた。健一郎は農学校の一年生、瞳は小学校高等科の一年生だった。そういう瞳が、どうして愛知県の名古屋にいたのか――それを考えると七恵の頭は割れるかと思うほど痛くなった。

七恵にはまったく食欲がなかったが、夕食の食卓に並んだ。

「具合が悪いのか」

清春が眉間に皺を立ててきいた。

七恵は、昼間、高井家の前でめまいを起こし、頭痛をこらえているうちに、十三歳ごろのことを思い出したのだといった。

清春と鈴子は顔を見合わせた。なにを思い出したのかを鈴子が不安そうな顔できいた。

「名古屋でわたしを撃ったアメリカ人に、会ったんです」

「あんたを撃った人に……。その人は飛行機に乗っていたんでしょ」

鈴子がいった。

「そう。戦闘機に乗ってて、機関銃をわたしに向けて……」

七恵は左の肩に手をやった。機関銃の弾は彼女の肩を砕いたのだ。

「アメリカの兵隊でしょ。飛行機に乗っていたんでしょ。帽子をかぶって、メガネを掛けていたかもしれない。そういう人の顔を……」

「わたしは憶えていたの。脳が記憶していたの。そのアメリカ人、戦闘機に乗ってたことも、名古屋を攻撃したことも、自白したのよ」

鈴子は、「正気か」といっているような顔を清春に向けた。

「わたしの名は、笛木瞳だった」

七恵は、両親と兄の名を話した。

鈴子は箸を置くと、寂しげな表情をした。

「分からないことがあるんです」

「なにが……」

清春と鈴子は同時にきいた。

「豊科に疎開していたわたしが、戦争中なのになぜ名古屋にいたのか、それが分からない」

清春も鈴子も、言葉を失ったように黙って、箸を置いた。

「あした、豊科へいかせてください。わたしが坪倉七恵でいられるのは、お父さんとお母さんのおかげだと、感謝しています。ですけれど、わたしには笛木瞳という十三年間の過去がありました。その十三年間、どこでどんな暮らしをしていて、なぜ戦争のさなかに、名古屋へいっていたのかを知りたいんです」

清春と鈴子は顔を見合わせてから、小さくうなずいた。鈴子は顔を伏せて消え入るような声で、

「実のお父さんやお母さんたちは、豊科にいるのかしら」

とつぶやいた。

2

七恵は幸帆の手を引いて、豊科駅に近い畳屋へ声を掛けた。

畳屋の主人は手拭で鉢巻きをして、畳を肘で叩いていた。七恵と幸帆を見ると、「やあ」といって土間へ下りた。幸帆の名を憶えていて、両手で顔を撫でた。

「きのう、急に、子どものころのことを思い出したんです」

七恵は左の肩に手をあてて、戦時中、家族が世話になっていたと思われる花岡姓の家を

さがしにきたといった。

「花岡という家は何軒もありますよ」

主婦は顔色を変えていった。

「男の子が二人いて、二人とも兵隊にとられて、夫婦だけで農業をやっていたような気がします」

畳屋の夫婦は首をひねっていたが、主婦がなにかを思い付いたらしく、電話を掛けた。相手に電話番号をきいて、二度掛け直していた。

「分かりました。法蔵寺《ほうぞうじ》というお寺の東側に、花岡利作《りさく》さんという家があります。その家には男の子が二人いたが、二人とも戦地で亡くなりました。いまは夫婦だけで農業をしています。戦時中は都会からきた一家を同居させていたということです」

主婦は、その家へいってみなさいといった。

七恵は夫婦に礼をいうと、幸帆と手をつないで国道を東に逸《そ》れた。

花岡利作家はすぐに分かった。広い庭には柿の木が枝を広げ、庭の奥に瓦屋根の平屋が建ち、玄関の前には白い犬がいて、何羽かの鶏が放し飼いにされていた。玄関の戸と犬小屋に見憶えがあった。玄関が半分ほど開いていたので、そこへ声を掛けた。

返事の声はきこえなかったが、半白の髪をした女性が出てきた。

「わたしは坪倉七恵という者で、小布施町に住んでいます。戦時中お宅には笛木という名の家族が同居していたそうですが……」

七恵は、丸顔の細い目をした主婦らしい女性にきいた。七十歳ぐらいではと思われる。

「はい。たしかに名古屋からきていた笛木さん一家が……」

主婦はそう答えると細い目を光らせた。顔に緊張があらわれている。

「私は、笛木重雄と百合乃の娘の瞳です」

主婦は、わっと声を出すと口に両手をあてた。

「ち、ちょっと待ってください」

主婦は奥へ引っ込んだが、裏口を開けたらしい音がして、だれかを呼んでいた。
五、六分経つと、タオルをつかんだ陽焼け顔の男が玄関へ入ってきた。主人の利作だった。
七恵は、主婦に告げたのと同じことを利作にいった。

主婦が出てきて利作に並んだ。二人は口を利かず、七恵の頭から足元、そして幸帆を、ねめつけるように見ていた。

「あんたは、笛木重雄さんの娘だといいましたね」

利作はタオルを固くにぎってきいた。

「はい。娘の瞳です」

「瞳さんは、名古屋で……」

利作はそういって主婦と顔を見合わせた。そして二人とも口を閉じて首をかたむけた。

二人の沈黙の理由を七恵は理解した。

——笛木瞳は、昭和二十年の六月下旬、父重雄と兄健一郎とともに列車に乗って名古屋へ向かった。戦争が激化しているさなかに、なぜ三人が何度も空襲を受けていた都会へいったかというと、塩を買うためだった。当時、安曇野の人たちは塩の不足に困っていた。塩がないと、醬油も味噌もつくれないし、野菜を漬けることもできなかった。

それを知った笛木重雄は、塩を買えるところがある、と近所の人に話した。それならそこで塩を仕入れてきてくれないかと頼まれた。一人より二人、二人より三人のほうが塩を多く背負って帰れるということから、重雄は、息子の健一郎と娘の瞳を学校を休ませて同行させた。三人はリュックサックを背負って出発し、四日目に帰ってきた。が、帰ってきたのは重雄と健一郎で、瞳は米軍機の機銃掃射を浴びて死亡したといって、重雄は血に染まったシャツを持って帰ってきた。米軍機に撃たれて倒れた娘のからだから、白いシャツをはがすようにして脱がして抱えてきたのだった。母親の百合乃は、血に染まり汗で汚れたシャツを抱きしめた。

花岡夫婦と近所の四、五人が集まって、簡素な葬儀がいとなまれた。笛木家の墓は名古屋市内にあるというから、白いシャツはいずれそこへ埋葬されるようだった——

「わたしは米軍機に乗っていた男の兵隊に狙撃されて、気を失っていたのです。何時間経ってからかは分かりませんが、気が付いたときは病院のベッドの上でした。一か月以上入院していたと思いますが、そのあいだに二回、左の肩に手術を受けました。腕を動かすと痛かったけど、怪我や病気の人がつぎつぎに運び込まれてくるので、退院して、春日井の養護施設にあずけられました。……ところがわたしの頭からは、それまでの記憶のすべてが消えてしまっていました。病院でも施設でも、名前や住所や親の名を何度もきかれましたけど、どうしても思い出すことができませんでした。……施設で暮らしているうちに奇特な夫婦があらわれ、わたしを娘にしてくれました。それは小布施町の坪倉という夫婦です。その家へもらわれていったわたしには、七恵という名が付きました。……じつはきのう、小布施で外国人の団体に出会いました。その団体は葛飾北斎の作品を見学にきていたのでした。団体にはアメリカ人の説明役が付いていました。わたしはその説明役の男性を見ているうちに、とうに過ぎ去ったことを思い出したんです。その男性は戦時中、戦闘機に乗っていて、名古屋空襲に参加していました。名古屋空襲に出撃していたかをわたしがききましたら、二回攻撃にきたことを認めました。その男は至近距離から、機関銃でわたしを狙い撃ちしたんです。撃たれる前にわたしは、その兵士の顔をはっきり見たんです。わたしの脳は、その兵士の顔を憶えていたんです。北斎作品の説明役となったその男を見ているうちに、わたしにはフィルムを巻きもどしたように、忘れていた過去が蘇ってきました。両親も兄も、それぞれの名前も思い出したのです」

利作夫婦は、呆気にとられたように口を半分開けて七恵を見ていた。

利作は、生唾を飲み込むような表情をしてから、思い出したことがあるといい、七恵の右腕を見せてくれといった。七恵はシャツの長袖をめくった。

「やっぱり……」

彼は強くうなずいた。

「笛木さん一家が、ここへ疎開してきて間もないころだった。囲炉裏で栗を焼いとった。火のなかで栗がはぜて、熾《おき》が瞳ちゃんの腕にあたった。火傷《やけど》をしたんだ」

七恵は忘れていたが、右腕の肘の近くに細長い傷跡が白く残っている。利作は彼女の火傷に脂薬《あぶらぐすり》を塗って包帯を巻いたことを思い出した、といった。

七恵は、少し不自由な左手で、右腕の白い傷跡を撫でた。

「あんたは、たしかに笛木瞳ちゃんだ。信じられないことのようだが、生きてた。生きてたんだ」

利作は手を震わせ、あふれてきた涙を手で拭った。

笛木重雄と百合乃と健一郎は、終戦後一年半ほど豊科にいたが、以前住んでいた名古屋市へもどった。

「もどるとすぐに、魚の干物を送ってくれました。沢山いただいたので、近所の家へ配りました。その干物のおいしかったことはいまも憶えています」

以後、名古屋の笛木家とは年賀状のやり取りがあるといって、利作は今年受け取った年賀状を持ってきた。

差出人は笛木重雄。

［あけましておめでとうございます。

花岡さんご一家の皆さまはご健康でよいお年をお迎えのことと思います。

私たちは昨年の春までは、焼け跡に建てた掘っ立て小屋のような家に住んでいましたが、ようやく新しい家を建てることができました。私は五十八歳になって、会社勤めの定年が見えてまいりました。百合乃は五十六歳で、毎日、どこかが痛いなどとぼやいています。

健一郎は今年中に妻帯することが決まりました］

住所は、名古屋市熱田区五本松町《ごほんまつちょう》。七恵はその住所を小さなノートに書き取った。

畳屋へもどった。七恵は冷たい水をもらって飲んだ。

「花岡さんは、戦時中、わたしたち一家が身を寄せていた家でした」

七恵は夫婦に会ってきたことを主婦に話した。

「花岡さんは、あなたのことを憶えていたでしょうね」

「わたしは顔つきが変わったのだと思います。花岡さんご夫婦は、わたしが笛木瞳だったということをすぐには思い出さないようでしたけど、腕にある火傷の跡を見て……」

七恵はハンカチで汗と涙を拭った。

主婦は、七恵の肩を抱き寄せた。

「ご両親とお兄さんが、名古屋にいらっしゃるのね」

主婦の目は、実の両親と兄に会いにいくのかときいていた。

「わたしは、どうしたらいいでしょうか」

七恵は、他人である畳屋の夫婦にきいた。

「あなたは、戦時中に亡くなったことになっているのね」

主婦がいった。

「死んだままのほうが、いいような気もしますけど」

黙ってタバコを喫っていた主人が、

「一度、名古屋の家族に会いにいって、あとはいままでどおり、小布施の家にいたほうがいいような気がする。小布施の家には、嫌なことはないんでしょ」

といった。

「嫌なことなんか……」

七恵は首を振った。一瞬、どす黒い影が過ぎたが、奥歯を嚙んで振り払った。

彼女は小布施へ帰ることにして、豊科駅のホームのベンチに腰掛けていた。これから名古屋へいって、笛木の家族に会ってみようかと考えなくもなかった。

松本に着いた。松本駅でもホームのベンチに腰掛けて、笛木の家族はどんなだろうかを想像した。彼女が実の親に会いにいったら、清春と鈴子は寂しげな顔をするだろう。実の親と暮らしたいといい出すのではと、不安におののくのではないだろうか。

もしかしたら鈴子は、幸帆を置いて、出ていけといい出しかねないとも思った。

長野行きの列車が到着した。七恵は幸帆と手をつないで列車に乗った。あしたは古屋敷圭介を訪ねて、身の上を話してみようかとも考えた。

3

武家屋敷のような白壁と黒板塀に沿って、古屋敷圭介がタロという名の猫と住んでいる小ぢんまりとした家の門をくぐった。古屋敷の住まい兼アトリエだ。

きょうは天気がいいからか縁側のガラス戸は開けはなされ、庭には洗濯物がいくつも干してあった。外の風を取り込むつもりか玄関も開いていた。

来客なのか女性の声がきこえた。玄関へ七恵が声を掛けると、女性の話し声がやんだ。

「やあ、いらっしゃい」

古屋敷が顔を出した。機嫌がよさそうな笑顔で、七恵が連れている幸帆を手招きした。

彼の背中へ若くて背の高い女性が立った。七恵はその女性にも頭を下げた。

「娘なんです」

彼がいった。

七恵は古屋敷の経歴を詳しく知らなかったが、十代後半に見える娘がいたとは意外な気がした。

彼は七恵と幸帆に上がってくれといったが、彼女はためらっていた。

「遠慮はいりません。実の娘なんですから。鎌倉に住んでいたんです」

彼はなめらかないいかたをした。

「麻生子です」

若い女性は床に膝をついて、低いがはっきりした声で名乗った。

古屋敷が、麻生子の身の上を語った。彼女は実母を病気で失ったために、父の知人だった板谷夫婦の養女になって鎌倉で成長した。だが不運なことに、養母が病に倒れ、闘病の末死亡した。養父と暮らしていたのだが、

「鎌倉にいるのが嫌になったといって、きのう……」

来訪したのだと古屋敷が語った。

「これからどうするかを、話し合うことにしています」

彼は、まるで楽しんでいるようないいかたをした。娘がきたので、うれしいのかもしれ

なかった。

「七恵さんはなにか……」

彼は用事をきいたが、立ち寄ってみただけだといって、タロの頭を撫でている幸帆の手をにぎった。

七恵は、小川の流れを見ながら帰ることにしたが、古屋敷が口にした言葉を思い出した。麻生子と名乗った娘は不運を背負っていて、実母に死なれたために、父の知人の養子となって成長した。その成長を呪うような病魔が養母を連れ去った。麻生子は、鎌倉にいるのが嫌になったというのだから、もしかしたら小布施で暮らすのではないか。鎌倉の養父はどんな人なのか。養父には、寄り添ってくれる人がいるのではないか。

七恵は川岸の草の上にすわった。息を継ぐように水面近くへ上がってくる魚がいた。

きのう、豊科から帰った七恵は、清春と鈴子に嘘をついた。彼女は、アメリカ人のマーク・エリオットという男を見ているうちに、激しい雷光でも浴びたように十年以上前のことを思い出した。眠っていた過去が突如目覚めたのだった。どうやっても思い出せなかった自分の名も家族の名も思い出した。自分は笛木瞳だったのだ。エリオットは否定したが、彼の機銃掃射によって瞳の記憶は飛散してしまっていた。蘇った記憶によって、戦時中に住んでいたところも分かったし、そこから家族が名古屋へ引き揚げた先も判明した。家族に会いにいこうかと迷ったが、そのことを清春と鈴子には話せなかった。

「お母さん。おうちへ帰ろう」

幸帆は七恵の手を引っ張った。七恵は立ち上がった。草叢《くさむら》にいたらしい蛙が小川へ飛び込んだ。

「よし、決めた。もう一度、おじさんに会いにいこう」

七恵が口にしたおじさんは、古屋敷圭介だ。

「先生に相談にのっていただきたいことがあって……」

七恵は玄関でいった。麻生子という娘は買い物に出掛けたという。古屋敷は描くものの構図でも考えていたのか、畳の上には白い画用紙が二枚置かれていた。

「あんたのお話は、幸帆さんのことですか」

古屋敷は目を細めてきいた。

「いいえ、わたしのことです。迷っているんです」

「話してください」

彼はあぐらをかいた。

七恵は、豊科の花岡という家を訪ねたことと、戦時中その家に同居していたことが分かったと話した。

「あんたの元の名は笛木瞳さんだった。記憶を失っていたあんたを、坪倉さん夫婦は引き取って育てた。そのあんたはある日、笛木瞳だったことを思い出した。笛木さんのご家族は名古屋へもどって、平和な暮らしを送っているらしい。そこへ、十年以上前に亡くなったことになっていた瞳さんがあらわれる。いや、笛木家を訪ねていいものかを、あんたは迷っている。迷っている理由は、坪倉さん夫婦の感情を、考えないわけにはいかないからですね」

古屋敷は、紅茶を口に運びながら、七恵の顔をじっと見ていった。

笛木瞳は、死んだままでいたほうが平和が保たれるだろうか、と七恵はいった。

「そうですね」

古屋敷は腕を組むと目を瞑った。しばらく黙っていたが、

「名古屋へいって、ご家族に会って、今日までのことを話して、帰ってきたらどうでしょう」

豊科の畳屋の主人と同様の意見だ。

「わたしが名古屋の家族に会いにいったら、坪倉の父と母は、わたしが小布施へもどってこなくなるって思うんじゃないでしょうか」

「あんたが名古屋のご家族に会いにいかなかったら、一生、実の家族のことを考え、思い悩んで暮らすことになる。……幸帆さんを置いて名古屋へいくといい。あちらのご家族はびっくりなさるでしょうが、今日までの経過を詳しく話してくるといい。あんたが元気だと知ったご家族は、よろこぶと思います」

古屋敷の意見をきいて、七恵は肚《はら》を決めた。

いつものように四人で夕食をすませると、七恵はすわり直して、

「お父さんとお母さんに、話があります」

といった。清春は咽て咳をした。

七恵は、アメリカ兵に撃たれて怪我をする前までは、笛木瞳だったことはすでに話していた。

「豊科の花岡という家で、笛木の家族の現住所を知りました。そこへいってきたいんです」

「家族は、健在なのか」

清春がきいた。

「両親も兄も健在のようです。兄は今年中に結婚することになっているようです」

「いってくるといい。実の親の居所が分かったのに、そこへいかないという手はない。両親は、おまえが戦時中に敵に撃たれて死んだものと思い込んでいた。生きていたと知ったら、飛び上がるほどびっくりするだろうけど、そこのところは詳しく話してみることだ。……家族に会ったら、帰ってくるんだぞ。ここがいまのおまえの居場所だでな」

普段口数の少ない清春だったが、いいきかすように話した。

幸帆を置いていくというと、そうするがいいといった。

「結婚しているのかって、きかれるだろうな」

清春はいったが、七恵はそれには答えなかった。

七恵は、栗駒堂の栗羊羹を手みやげにして単身で名古屋へ出掛けた。ノートに書いた笛木家の住所を何人かに見せて、目的の家にたどり着いた。

その家は、木の香りが立っているほど新しい木造二階建てだった。柱にはこれも新しそうな［笛木］の表札が張りついていた。茶色の玄関ドアに声を掛けた。女性の声がして、玄関ドアが一〇センチばかり開いた。その開いたところへ七恵は頭を下げた。

「どなたでしょうか」

内側の暗がりで女性がきいた。

なんて答えようかと七恵は迷ったが、

「お母さんですか」

七恵は叫ぶようないいかたをした。

ドアが開き、玄関に電灯が点いた。

「瞳です。お母さん」

母と呼ばれた女性は一歩退いた。たじろいではいたが首は前へ突き出ていた。目玉はこぼれ落ちそうで口を開いていた。「ひ、と、み……」と字を書くようないいかたをした次の瞬間、「わっ」といって、両手で顔をおおった。顔から手をはなすと、「瞳なの……」と涙声を出した。

「瞳よ、わたしは瞳。生きていたのよ」

女性は、七恵の顔の造りをさぐるような目をしたが、つかみかかるように七恵の肩を抱き寄せた。

「なぜ、どうして、どうして……」

と、嗚咽《おえつ》のなかでいった。

やや落着くと、七恵を洋間へ通して、電話を掛けた。相手は夫の重雄にちがいなかった。

「健一郎にも」

といって、また電話を掛けた。

七恵は、正面へすわった百合乃に、名古屋市の病院に収容され、怪我の手当てを受けたあと、養護施設で過ごしていたこと、そこへ坪倉という夫婦があらわれ、養女として引き取られることになって、信州の小布施へいって暮らしている経緯を話した。

百合乃は、「信じられない」という顔をし、ハンカチをにぎって七恵の話をきいていた。

重雄と健一郎がほぼ同時に帰宅した。二人は立ったまま七恵をにらむように見ていたが、重雄が床に両手と膝をつき、「瞳……」と吠えるような声を出すと頭を下げた。

「あのとき……」

彼はいいかけて咳をした。

「私と健一郎と瞳は、名古屋で買った塩を背負っていた。豊科へ帰るつもりだったが、空襲警報が鳴ったので、学校へ避難した。校庭を横切っているとき、瞳はなにかにつまずいて倒れた。瞳は校庭にすわったまま動かなかった。私と健一郎は渡り廊下へ隠れて、瞳を呼んだが、その声がきこえなかったのか、まるで敵機をにらんでいるように動かなかった。……そこを撃たれたんだ。おまえは血を流して倒れた。低空で迫ってきた一機に狙い撃ちされたらしかった。……私は駆けつけた。おまえは死んでいた。たしかに死んでいると私は判断した。それで、塩の入っているリュックと血に染まったシャツを脱がして、避難した。校庭にはおまえのほかに何人かが倒れていた。……空襲が去ったので校庭へもどってみた。だれもいなかった。倒れていた人もいなかった。敵機に撃たれた人をどこへ運んだのかを人にきいたが、知らないとか分からないといわれた。……次の日も空襲があった。私と健一郎は、瞳がどこへ運ばれたのかを突きとめられず、いや、何人にもきいたが分からなかった。それで、おまえが背負っていたリュックと、着ていたシャツを抱いて豊科へもどった。血に染まったシャツを手に取ったお母さんは、壊れたかのような声を出して……。私は塩の仕入れに、おまえを連れていったことを後悔した」

七恵は、なぜ戦火をくぐって塩を仕入れにいかなくてはならなかったのかをきいた。

「塩が不足していたからだが、私たちは近所の人から冷たい目で見られていた。疎開した私には職業というものがなかったので、花岡家の農作業を手伝うしかやることがなかった。働き盛りの年齢なのに兵隊にはなっていない。そういう男を当時の人たちは冷たい目で見ていたんだ。……私は、兵隊として召集されたくはなかったが、付近の人たちの役には立ちたかった。それで、名古屋へいけば塩が買えることを近所の人に話した。すると近所の人たちは、塩を仕入れにいってきてくれといいはじめた。……塩は重いので、一人が背負ってこられる量は知れたものだ。だから健一郎と瞳にも学校を休ませて、一緒に名古屋へいったんだ。おまえを連れていくことには迷いがあったが、少しでも多く仕入れておきたかったので……」

重雄は両手をついて額を床にこすりつけた。

4

名古屋からもどった七恵に、清春も鈴子も、笛木家の人たちのようすなどを、詳しくきかなかった。ききたいことは山ほどあったろうが、七恵の里心がつくのを怖れているのではないかと思われた。

柿の葉がわずかな風に散り落ち、紅い実が目立つようになった。大杉家の黒板塀に沿って立つケヤキが薄茶の葉を、桜が紅い葉を散らした。塀のなかのナナカマドは真っ赤で、モミジもイチョウも色を変えはじめている。

幸帆が空を飛ぶ鳥らしい絵を描いたので、それを古屋敷に見せるつもりで、小さな門をくぐった。

板谷麻生子が竹箒で、庭へ舞い込んだ落ち葉を掃いていた。彼女は七恵と幸帆を見ると微笑んで、

「あしたから、こっちの学校へ通うことになりました」

と、明るい声でいった。

「そうですか。それはよかったですね」

七恵は返したが、鎌倉に住んでいるという養父の板谷は、麻生子の希望に賛成したのだろうかと考えた。養母に死なれたために麻生子は実父の古屋敷を頼ることになった。妻を失った板谷は独り取り残され、寂しい思いをしているのでないか。

古屋敷は、扶養家族を抱えることになったからか、イーゼルに筆を動かしていた。

「お仕事中でしたね」

靴を脱ごうとした幸帆の肩を七恵は抱いた。

「どうぞ、お上がりください。描いた絵をちょっと直していたところでしたので」

彼はそういって、筆を手放した。

七恵は、イーゼルにのっている絵をのぞいたが、のけ反るように一、二歩退いた。

雷光が灰色の空を割っていた。小型の虎のようでもあり、大型の猫のようにも見える生きものが、白髪まじりの長い髪を背中に広げた老婆をにらんでいる。両者のあいだの地面には肉のかたまりのような血の色をした小さな物が置かれていた。獰猛《どうもう》な顔つきの生きものは、長い爪で老婆の顔を引っ搔こうとしていた。

地獄のような絵を描いている画家だったが、幸帆を見るとにこりとして、彼女が手にしてきた絵に目を向けた。

「ほう。鳥の群れが山へ帰っていくところか」

画家は、近くの鳥をもっと大きく描くといい、と幸帆に教えた。幸帆はまるで実の父親に甘えるような目をしてうなずいた。

「お嬢さんは、こちらにお住まいになるようですね」

七恵が古屋敷にきいた。

「鎌倉には、母の思い出のものがいっぱいある。それを見て暮らすのは辛《つら》いのでといっています」

はたしてそのとおりだろうかと思ったが、七恵は黙っていた。

タロが、幸帆の横へきて手足を伸ばした。幸帆は小さな手でタロの背中を撫でた。

北斎作品を所蔵している高井家の前には人だかりができていた。外国人の団体が北斎作品を見学にきているのが分かった。白壁に黒板塀の建物から出てきた十数人に、長身の男が声を大きくして、建物を説明していた。その男はマーク・エリオットだった。

七恵は幸帆と手をつないで外国人の団体からはなれたところにいたが、説明の声をきいて振り向いた。両腕を広げて団体客に説明しているエリオットを見つめていた。

だが数秒後、七恵の頭は雷光を浴びたように熱くなり、雷鳴のなかにいるように耳が鳴った。幸帆の手を引いて、よろけるように走った。幸帆は七恵の急な変化に気付いて、

「お母さん、お母さん」

と、叫んだ。

家に着くと七恵は台所へ駆け込んだ。心臓が音をたてて躍った。流し台の下の扉を開けた。そこには和包丁と刺身包丁と出刃包丁二丁が差してある。彼女は小型の出刃包丁をつかんだ。裏口で下駄を履いた。

「七恵……」

鈴子が呼んで、追いかけてきた。

「七恵……」

七恵は鈴子に追いつかれ、つかんでいた出刃包丁を叩き落とされた。鈴子は七恵が落とした包丁を拾い上げると、外国人の団体客がいるほうへ走りかけた。通りかかった大柄の男が両手を広げて、走ってくる鈴子を遮った。鈴子がつかんでいた出刃包丁は、大柄の男

によって叩き落とされた。

あたりは騒然となった。歩いていた人たちが一斉に立ちどまったし、みやげ物店からは店の人が客と一緒に道路へ飛び出てきた。

パトカーが到着し、警官が鈴子を車に押し込んだ。五、六分後に灰色の警察車両がきて、道路に立ちすくんでいた七恵を連れていった。

二人は夕方、警察からもどってきた。親子喧嘩がはじまって、二人とも台所から飛び出したのだということになったらしかった。

翌日の午前九時、警察車両が三台、坪倉家具店の前へとまった。

「ききたいことがあるので、署へいっていただきます」

台所に立っていた七恵は、狐のような目をした警官にいわれた。

風呂場を洗っていた鈴子も呼ばれて、車に乗せられた。

「お母さん」

幸帆の悲鳴のような声がきこえたとき、車のドアが閉まった。七恵を追いかけようとした幸帆を清春が、すがりつくようにはがいじめにして、いくな、追うなといった。

七恵と鈴子は須坂署のべつべつの取調室で刑事と向かい合った。

「台所の出刃包丁を持って、勝手口を飛び出したらしいが、なにをするつもりだった」

七恵は、上条刑事にきかれた。彼女は顔を伏せて答えなかった。

「あんたがつかんでいた包丁を、鈴子さんが取り上げた。取り上げただけでなく、外国人の団体のほうへ走っていこうとしたらしい。なぜだ。彼女はなにをしようとしたのか。特定の人を狙って走っていこうとしたようだが、あんたにはその理由が分かるんじゃないのか」

その質問にも七恵は答えなかった。

「あんたは、台所から出刃包丁を持ち出す前に、外国人の団体を見ていたらしい。団体のなかに知っている人でもいたのか。……あんたはだれかを傷付けようとして包丁を持ち出した。恨みのある人を見掛けたんじゃないのか。……鈴子さんは、あんたから包丁を取り上げた。そして外国人の団体のほうへ走っていこうとした。あんたと鈴子さんには共通の恨みのある人でもいたんじゃないのか。……答えてくれないと、家へは帰れないよ」

上条は椅子の背に反って横を向いた。

「あんたは、だれかを傷付ける目的で包丁を持ち出したが、それを鈴子さんが取り上げた。そこを目撃した人から話をきいているうちに、私は二年半前の事件を思い出した」

上条は壁に向かって独り言のように話した。

「……二年半前の四月、志賀之山酒造の酒蔵落成の祝賀会があった。その祝いの会の最中に、出席者の一人だった猿畠武継という男が、腹を出刃包丁で刺されて殺された。加害者は左利きだと分かった。一度突き刺したが死なないとみてか同じ個所を二度刺した。包丁は十五度ほど外側へかたむいていた。二度刺した点から、加害者は力の弱い左利きと判断した。……酒造所の炊事場から出刃包丁を持ち出したのは坪倉七恵、あんただ。あんたは祝賀会場で猿畠武継を見て、全身の血が躍ったにちがいない。詳しくいわなくても分かるだろ。坪倉夫婦の留守中に坪倉家へ押し入り、あんたを犯した。……私たちは約二年半、あんたを観察していた。あんたには縁談があって見合いをした。見合いの相手と交際をはじめそうなものだったが、あんたはそれを断わった。見合いの相手以外に交際している人がいるのかとも思われたが、そういう人は見あたらなかった。それなのに、あんたは出産した。その前に坪倉家をのぞいている男がいたという情報が耳に入ったので、捜査していた。同家をときどきのぞいていたのは猿畠だということが分かった」

上条刑事は、音をさせて水を飲むと、口をすぼめて息を吐いた。

「志賀之山酒造の祝宴の最中、猿畠の姿を見たことからあんたには殺意が芽生えた。猿畠を刺し殺すつもりで炊事場から出刃包丁を持ち出し、用足しにきた彼の後を追った。あんたのその姿を鈴子さんが認めた。鈴子さんは、あんたが産んだ子の父親は猿畠ではないかと気付いていたらしい。……鈴子さんは、あんたが包丁を隠し持ったのを見てあんたの後を追い、あんたの手から包丁を奪い取って酒に酔って歩く猿畠を追いかけて、大杉家の坪庭へ迷い込んだところを刺して殺害した。……あんたの母親となった鈴子さんは、あんたを殺人の犯人にしたくなかったんだろう。……今回も同じだ。あんたは外国人を見ているうちに、アメリカの戦闘機に狙い撃ちされた日が蘇ったにちがいない。北斎の作品を見学に訪れた団体のなかに、あんたを狙い撃ちした人がいたとでもいうのか」

上条は姿勢を変えて、七恵をにらんだ。

「いました」

「いた……。小学生だったあんたは、その人の顔を憶えていたのか」

「憶えていました」

「あんたを狙い撃ちしたのは、戦闘機を操縦していた兵隊だろ。戦闘機とあんたは、少なくとも一〇〇メートルははなれていたはず。そういう人の顔を憶えていたというのか」

「はい。はっきりと」

「北斎を見学にきた団体のなかに、その人はいたというのか」

「団体客に北斎を説明していた男性です」

「名前をきいたか」

「マーク・エリオットです」

上条は七恵の答えをメモすると、取調室を出ていった。

上条は一時間あまり七恵を取調室に置き去りにしていたが、息を切らせるようにしてもどってきた。

「小布施の町と北斎の作品を見学にきたアメリカ人の団体は、上林温泉にいた。……案内役のマーク・エリオットという男も一緒だったので、捜査員が会いにいった。彼は戦時中、名古屋市を襲撃したことはあったが、少女を狙い撃ちしたことなどない、と答えたという」

「何人撃ち殺したか分からないので、憶えていないんです」

七恵は目を吊り上げた。

「あんたは、自宅から持ち出した出刃包丁で、マーク・エリオットを刺し殺そうとしたんだな」

七恵はうなずいた。両目は吊り上がったままだった。

鈴子は、七恵を殺人犯にしたくなかったのだろう。それで、七恵がにぎっていた出刃包丁を奪いとった。奪いとると、外国人の団体がいるほうへ駆けていこうとした。七恵の思いを代わってやろうとしたのだろうか。

坪倉鈴子が殺人の容疑と殺人未遂容疑で逮捕され、娘の七恵が事情を聴かれたニュースは、ラジオでも新聞でも報じられた。

そのニュースを観た小布施町の薬局の主婦が、「思い出したことがあります」と、須坂署へ電話をよこした。

「一年前の九月の夜、寄り合いを終えて帰る途中、にじいろ川の橋を渡ったところで、坪倉家具店の奥さんに会いました。わたしが、『今晩は』といったのですが、奥さんは返事をしませんでした。暗がりだったので、わたしがだれなのか分からなかったのだと思います。奥さんはたびたび頭痛薬を買いにきていましたので、顔をよく知っていました」

電話を受けた警察は、薬局の主婦が出席したという会合の日を調べた。それは、坪倉家具店従業員の有馬信三が頭を石で割られ、川へ突き落とされて殺害された日であった。

有馬は、日記ではないが、思いついたことや、気になった出来事などをノートに書きとめていた。そのなかに、志賀之山酒造の祝賀会に手伝いとして参加した日のことが書いてあった。[酒に酔ったらしく、足をふらつかせて歩いている男の後を追うように、坪倉の奥さんが大杉家の通路を早足で歩いていた。その奥さんの顔は蒼白で、目を吊り上げているように見えた。炊事場のお手伝いをしていた奥さんが、なぜそこを歩いていたのかが気になった」というくだりがあった。

須坂署の取調官は勾留中の鈴子を取調室へ呼び出して、有馬信三殺しに関わったかを追及した。彼女は顔を伏せて小一時間なにも答えなかったが、最後には有馬殺害を認めた。

清春が外出していたある日、有馬は鈴子に、『酒造所の祝賀会の最中、奥さんは、酒に酔ってふらふら歩いている男の後を追っていましたが、どこへいくつもりだったんですか』と、口元をゆがめてきいた。鈴子はいい加減な返事をしたが、彼女は猿畠が殺された事件を指していると気付き、以後、警戒を怠らなかった。有馬はいつかまた、祝賀会当日のことを口に出しそうな気がしたので、彼のスキをうかがっていた。

嫁入り道具である家具の納品の日がやってきた。出来上がった家具をリヤカーに積み、それを清春と有馬が納めにいった。納品先では酒や料理が出ることは分かっていた。

案の定、有馬は、納品先で馳走になった酒に酔って帰り、足をふらつかせて自宅のアパートへ入ろうとした。鈴子は暗い夜道で偶然出会ったようなことをいって、アパートのすぐ近くの川岸へ有馬を誘い、両手で持ち上げた石で彼の頭を砕いた――

鈴子は、猿畠を殺害しようとして出刃包丁をにぎった七恵の手から包丁を奪い取って、七恵に代わって彼を殺害した女である。

それから、七恵は戦時中、戦闘機を操縦していたマーク・エリオットを刺し殺そうとした。機銃掃射で七恵を狙い撃ちした男だと確信したからだ。七恵は自宅の台所から出刃包丁を持ち出した。ところがその彼女を見た鈴子は追いかけて、七恵が手にしていた包丁を叩き落とし、それを拾い上げると、七恵に代わってエリオットを傷付けようとした。鈴子がなぜ身代り殺人を実行したのかを、上条は繰り返し鈴子にきいた。そのたびに彼女は、

『七恵を犯人にしたくなかったからです』というだけだった。

『七恵さんを殺人犯にしたくなかったのなら、犯行をやめさせるだけでいいじゃないか。

彼女の身代りになったのは、なぜなんだ』

『七恵の無念を晴らしてやるためです』

『七恵さんの無念は分かるが、相手を殺すことはないじゃないか』

『七恵は、やられっぱなしの人生を送ってきました。それが可哀相《かわいそう》で……』

『やられっぱなしの人生とは……』

『塩を背負っていたところを、アメリカ兵に狙い撃ちされた。怪我を負って気を失っていたのに、父と兄に見捨てられた。そして、男に春を奪われた……』

5

鈴子は逮捕され、連日、取調べを受けていたが、十日後、取調室で顔を伏せたまま身動きしなくなった。水を飲むだけで、食事は喉を通らなかったようだ。十日間のうちに激痩せし、顔からは生気が失われていた。

彼女は警察から病院へ送られた。肺ガンが進行していた。逮捕される前から病院で肺ガンであることを告げられてはいたが、そのことを夫にも七恵にも打ち明けていなかった。

だが清春は、日に日に痩せていく鈴子に、入院をすすめた日もあった。

鈴子は、警察の管理下におかれて入院していたが、二か月後、死亡した。

鈴子が死亡して三か月が経った。清春、七恵、幸帆、古屋敷圭介、板谷麻生子の五人は鈴子の供養に善光寺を参拝した。圭介は、鎌倉で亡くなった朝子の顔を思い出した。本堂で冥福を祈ったあと、六地蔵の正面へ立った。

「迷いや苦しみから救ってくださるお地蔵さまだ」

圭介がいうと、麻生子は、「ふうん」といってから手を合わせた。

「左から、天界、人界、修羅界、畜生界、餓鬼界、それから地獄界のお地蔵さまだ。右端のお地蔵さまは、一刻も早く救いにいこうと、片方の足を踏み出しているんだ」

「お父さん、そんなことをどうして知ってるの」

「本を読んで、憶えたんだ」

幸帆が、「おなかがすいた」と訴えた。

「西之門通《にしのもんどお》りに旨いそば屋がある」

清春が右手を指差した。

清春と圭介の前を、七恵と麻生子が並んで歩いた。二人は同じように右足を少し引きずった。

清春と圭介はざるそばを頼んでから熱燗《あつかん》をオーダーした。

「先生は、風景画をあまりお描きにならないようですが」

清春が手酌で飲りながらいった。

「そうですね。私は、湖畔にたたずんで、さざ波を眺めるような風景を描いたことがありません。……猿を描くが、ほんものの猿ではない。猫や虎も同じです。私の頭にあらわれるのは、猿や虎の皮をかぶった人間の化けものなんです」

「いまは、どんな絵をお描きになっているんですか」

「ピンクのバラに囲まれ、そのなかで笑っている白い顔の猿」

七恵は、気味が悪いといっているように顔を震わせ、麻生子と一緒に笑った。


蒸《む》れるような暑い日中、圭介は日陰を求めて歩いていた。氷水を喉に通したかった。坪倉家具店を見ると、道路側のガラス戸には黒いカーテンが張られていた。圭介はカーテンの透き間からガラス戸に額を押しつけて屋内をのぞいた。作業場からは小さな物音がしていたからだ。

清春が背中を向けて鑿の頭を叩いていた。もしかしたら、仏壇か位牌《いはい》をこしらえているのではないか、と圭介は想像した。それに清春の丸坊主の頭は剃ったように光っていた。

解説

郷原《ごうはら》宏《ひろし》
（文芸評論家）

梓林太郎氏が昭和五十五年（一九八〇）に「九月の渓《たに》で」で第三回「小説宝石」エンタテインメント小説大賞を受賞してデビューしてから、今年（二〇二三）で四十三年になります。四十三年といえば、大学を卒業して会社に入った人が六十五歳の定年を迎えるという長い歳月です。「年年歳歳花相似たり、歳歳年年人同じからず」（劉廷芝《りゅうていし》）。その間に人も変われば時代も大きく変化しました。

日本のミステリー史に即していえば、社会派推理の時代から、冒険小説、ハードボイルド、トラベル・ミステリー、新本格の時代をへて、いま警察小説の全盛期を迎えています。その間にミステリーの舞台としての国境は消滅し、「男子専科」「閨秀作家」などといった性差を表す言葉は完全に死語になりました。時代の激流に呑み込まれて、いまでは名前さえ思い出せなくなった作家も少なくありません。

しかし、梓林太郎氏はその間つねに日本ミステリーの最前線にあって、松本清張《まつもとせいちょう》の衣鉢を継ぐ良質なミステリーを書きつづけてきました。西村京太郎《にしむらきょうたろう》氏、森村誠一《もりむらせいいち》氏亡きあと、梓氏は昭和の黄金時代の熱気を現代に伝える最後のレジェンド作家といえるでしょう。

本書の読者ならよくご存知のように、梓氏には長野県警のベテラン刑事を主人公とする「道原伝吉《みちはらでんきち》」シリーズをはじめ、山岳救助隊員「紫門一鬼《しもんいっき》」、旅行作家「茶屋次郎《ちゃやじろう》」など全部で六つのシリーズがあります。赤川次郎《あかがわじろう》氏の三十一シリーズには及びませんが、その多くが書き下ろしの長編であることを思えば、同時代に比類なき物語作家としての力量を示す指標といっていいでしょう。

なかでも、昭和五十九年（一九八四）の『北アルプス冬山殺人事件』（のちに『風葬連峰』と改題）を第一作とする道原伝吉シリーズは、すでに九十作を超えて、まもなく百作に達しようとしています。

こちらも数の上では西村京太郎氏の「十津川《とつがわ》警部」シリーズには及びませんが、道原刑事の活動範囲がほぼ長野県内に限られ、しかもその多くが山岳ミステリーであることを思えば、やはり日本ミステリー史に特筆すべき業績といわなければなりません。

とはいえ、梓氏はシリーズ物だけを書いてきたわけではありません。一作ごとに主人公が異なるノンシリーズの作品にも、『走行超過』（一九八一）、『奇妙な依頼人』（一九八五）、『背徳の午後』（一九八八、のちに『背徳の山嶺』と改題）など、多くの秀作があります。シリーズ物が梓ミステリーの「連峰」あるいは「山脈」だとすれば、こちらはさしずめ「独立峰」ということになるでしょう。

さて、本書『小布施《おぶせ》・地獄谷殺人事件』は、その独立峰の名山のひとつです。令和三年(二〇二一)三月に光文社カッパ・ノベルスの一冊として書き下ろし刊行され、このたび光文社文庫に収録されることになりました。そのカッパ・ノベルス版の「著者のことば」で、梓氏は本書執筆のモチーフをこんなふうに述べています。

《三十年ほど前、俳優の久野四郎氏と地獄谷温泉へいった。温泉の脇で大学生がある実験をしていた。五メートルほどのパイプの中心部にリンゴを一つ置いた。すると猿が何匹も出てきてパイプの中を両端からのぞいた。一匹が枯枝を使ってリンゴを掻《か》き寄せようとした。が、あやまって突き飛ばしてしまった。反対側にいた猿が出てきたリンゴをつかむと、一目散に山へ。猿知恵を目の当たりに》

念のためにいえば、本書のなかにこの「猿知恵」のエピソードは出てきません。地獄谷温泉は出てきますが、とくに重要な舞台というわけではありません。この物語の主舞台はあくまでも小布施です。にもかかわらず、この旅の体験がヒントになって一篇の物語が生まれたというのですから、私たちはそこに梓氏の尽きざる創作力の秘密を見ることができます。ひとことでいえば、それは自由な想像力と自在な発想力の協働ということになりますが、それを一篇の物語に仕上げるのが梓氏の柔軟にして強靭な筆力であることはいうまでもありません。

「七恵《ななえ》は二十歳のとき、両親から昔ばなしを聞いた」という一行から、この数奇な運命の物語は幕を開けます。

両親――坪倉清春《つぼくらきよはる》と鈴子《すずこ》は、じつは七恵のほんとうの父母ではありません。長野県上高《かみたか》井郡小布施村《いぐんおぶせむら》（昭和二十九年に町制施行）で建具や家具をつくる「指物職人《さしものしょくにん》」の仕事をしていますが、夫婦の間に子供ができなかったので、六年ほど前に、愛知県春日井市《かすがいし》の養護施設にいた七恵を引き取って育ててきたのです。

養母の鈴子は、その日のことをこう語り出します。

「六年ばかり前の風の強い日、あんたは男物のシャツにこれも男物の黒いズボンという服装で、北沢《きたざわ》のおじさんに連れられてきたのよ。わたしはその日のことを、きのうのことのように憶《おぼ》えているの」

ここに出てくる「北沢のおじさん」こと北沢徳作《とくさく》は鈴子のいとこで、同じ村で大工の棟梁をしています。その北沢が仕事先の春日井市で七恵のことを耳にして坪倉夫妻に話したことから、この養子縁組がまとまったのです。

施設に残された記録によれば、七恵は太平洋戦争末期の昭和二十年（一九四五）六月、名古屋の空襲で米軍機の機銃掃射を受け、左肩と足に大怪我をし、頭にもかすり傷を負いました。名古屋市内の病院で手当てを受けていたのですが、命に別状はなさそうだというので、春日井市の養護施設に移されました。

左肩に少し後遺症が残っただけで、身体のほうは回復したのですが、銃撃のショックからか、彼女はそれ以前の記憶を完全に失っていました。自分の名前も憶えていなかったので、施設ではアキコという名で呼ばれていました。七恵というのは坪倉家に来てから「この子に幸福がいくつも訪れるように」と願って付けられた名前です。

七恵は十六歳で高等科二年を卒業すると、上の学校へは行かずに家事の手伝いをするようになります。ときどき悪夢にうなされることもありましたが、家族三人で伊勢へ旅行したりして、それなりに楽しく充実した日々を過ごしてきました。

やがて彼女に縁談が持ち上がります。相手は長野市内の家具製造所に勤める手島《てじま》という青年でした。お見合がすんで婚約を間近にひかえたある日、ひとりで留守番をしていた彼女はある災厄に見舞われ、破談になります。さらに父清春が請け負った酒造会社の酒蔵の落成祝賀会の会場で、ひとりの男が包丁で刺し殺され、坪倉一家にも容疑が降りかかります。

そんな凶事が続くなか、七恵はひとりの画家と出会います。古屋敷圭介《ふるやしきけいすけ》。彼もまた波乱の多い人生をへて小布施に流れついた孤高の芸術家です。二人は深い信頼関係で結ばれ、手をたずさえて人生の風雪に立ち向かっていくことになります。

梓ミステリーの読みどころのひとつは、登場人物の造型の見事さです。昔、作家の菊池《きくち》寛《かん》は「文芸は実人生の地理歴史である」という名言を吐きましたが、梓ミステリーの登場人物は例外なく、彼または彼女に固有な「地理歴史」を背負っており、それがあるトポス

（場所）において運命的に交錯するとき、そこに「実人生」と拮抗する濃密な物語空間がつくり出されます。

空襲で孤児になった七恵が坪倉夫妻に引き取られる経過も然り、未婚の母となった七恵がひょんなことから古屋敷と遭遇する場面も然り。文芸作品のリアリズムとは、このようなリアルな生活実感を持った登場人物たちが運命的に出会うことによって形成される濃密な物語空間のことにほかなりません。

この作品において、登場人物がそれぞれの地理歴史を背負って出会う場所、つまり物語のトポスは、いうまでもなく小布施です。小布施は千曲川《ちくまがわ》の東岸、松川《まつかわ》の扇状地に開けた集落で、古くは綿花や菜種油の市場として発展してきましたが、近年はクリ、リンゴ、木工業の町として知られ、町内には名物の栗羊羹の店が軒を並べています。

小布施はまた、江戸末期の浮世絵師、葛飾北斎《かつしかほくさい》が土地の素封家、高井鴻山《たかいこうざん》の屋敷に逗留してたくさんの絵を描いたことでも知られており、いまではその多くを敷地内の「北斎館」で観ることができます。画家の古屋敷が北斎に惹かれてこの町に移り住んだことはいうまでもありません。

長野県上田《うえだ》市生まれの詩人、渋沢孝輔《しぶさわたかすけ》に『われアルカディアにもあり』（一九七四）という、すぐれた詩集があります。アルカディアとは古代ギリシャの小高い丘の上にあったとされる楽園のことですが、私は小布施もまたアルカディアのひとつだと思っています。

風光明媚で人情が厚く、空気が澄んでいて食べ物がうまい。私はこの町を訪れるたびに、心が洗われて生き返るような思いがします。

『小布施・地獄谷殺人事件』は、何よりもまず、その小布施の町の物語です。題名のとおり、ほんとうは恐ろしい殺人事件の話なのですが、物語の随所に、この町の美しい風光と人情が点綴《てんてい》されていて、私たちをひととき現代のアルカディアへといざなってくれます。

戦争、災害、虐待、性加害など、何かと暗いニュースがつづく昨今ですが、手元に一冊の梓ミステリーがあるかぎり、私たちの人生の辞書に「失望」の文字はありません。なぜなら、そこには、この作家の読者だけに許されたアルカディアが存在するからです。

二〇二一年三月　光文社刊

光文社文庫

長編推理小説

小布施《おぶせ》・地獄谷《じごくだに》殺人《さつじん》事件《じけん》

著　者　梓《あずさ》　林《りん》太《た》郎《ろう》

2023年11月20日　初版1刷発行

発行者　三宅貴久
印　刷　新藤慶昌堂
製　本　ナショナル製本

発行所　株式会社　光文社
〒112-8011　東京都文京区音羽1-16-6
電話（03）5395-8147　編集部
8116　書籍販売部
8125　業務部

ISBN978-4-334-10119-0　Printed in Japan

組版　萩原印刷